폭식의
Berserk of Gluttony
베르세르크 VI
나만 레벨이라는 개념을 돌파한다
잇시키 이치카 지음
fame 일러스트
천선필 옮김

"정말, 페이트 너는 그때 이후로 변한 게 없구나.
안 된다고 해도 내 말을 듣질 않아. 그런 구석은……,
네 엄마를 닮았어."
아버지는 성수의 집게발을 떨쳐낸 다음 내게
옆얼굴을 보이며 곤란하다는 듯이 웃었다.
"손이 많이 가는 아이로군.
아직 싸울 수 있다면 나를 따라오거라."

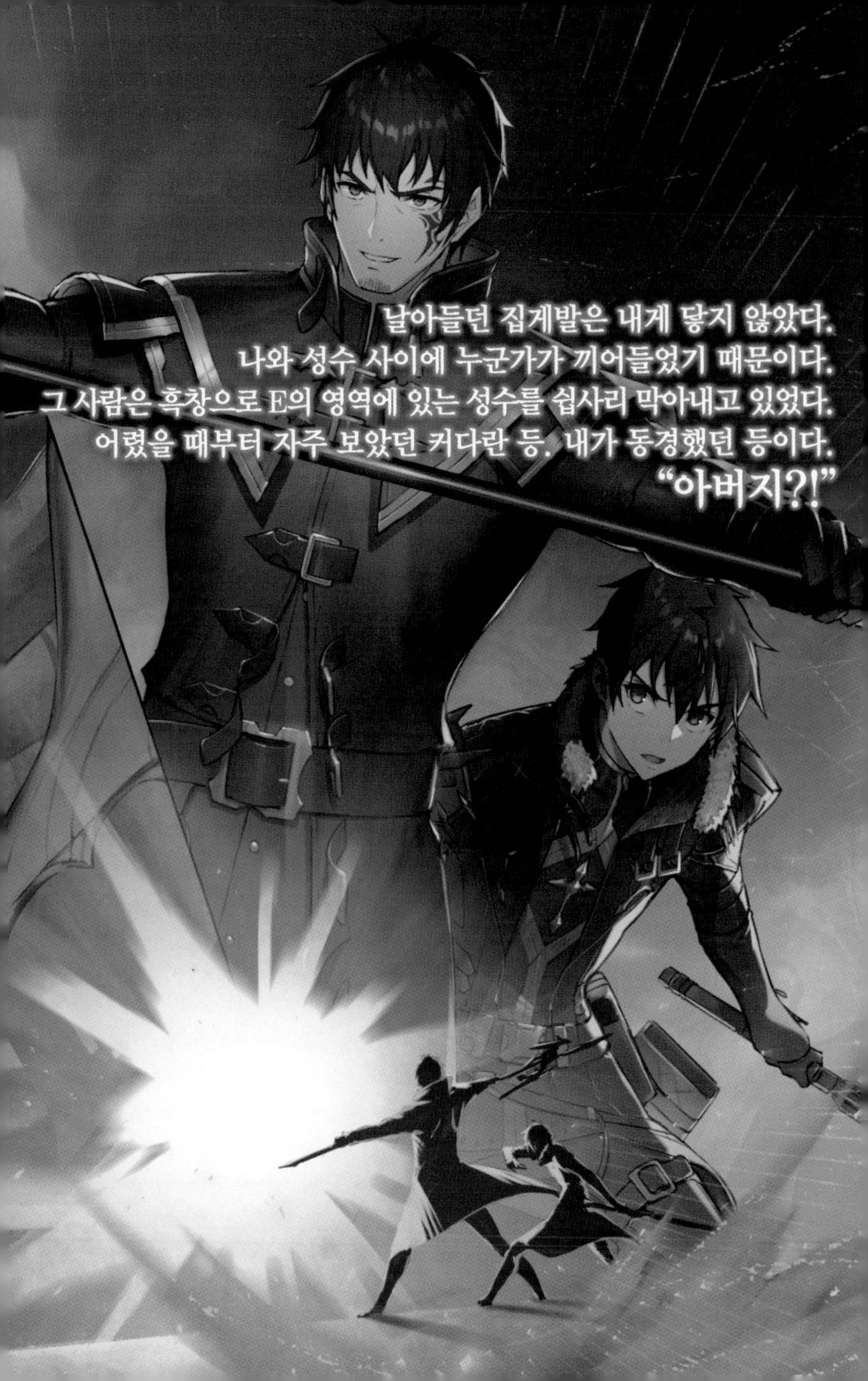
날아들던 집게발은 내게 닿지 않았다.
나와 성수 사이에 누군가가 끼어들었기 때문이다.
그 사람은 흑창으로 E의 영역에 있는 성수를 쉽사리 막아내고 있었다.
어렸을 때부터 자주 보았던 커다란 등. 내가 동경했던 등이다.
"아버지?!"

매우 기쁘게 말하면서
나를 끌어안는 에리스.
록시가 눈을 가리고 있어서
보이진 않지만 엄청나게
부드러운 감촉이 느껴졌다.
"그럼, 잘 자!"
"잠들지 마! 어떻게 좀 해줘!"
눈을 가리고 있는 록시가
힘을 주는 게 느껴진단 말이야.
메밀은 팔을 깨물고 있는 것 같다.

폭식의 베르세르크

Berserk of Gluttony

나만 레벨이라는 개념을 돌파한다

VI

잇시키 이치카 지음

fame 일러스트

천선필 옮김

Contents

Berserk of Gluttony
VI
Story by Ichika Isshiki
Illustration by fame

제1화 상업도시 테트라

왕도에서 남쪽으로 나아가자 금방 상업도시 테트라가 보였다.

이 바이크라는 탈 것은 정말 빠르다.

그리드가 말보다 백 배는 낫다고 했는데 사실이었다.

2인승이고, 뒤에 탄 록시도 신이 난 모양이었다. 가끔 그녀의 콧노래가 들릴 정도였다.

말을 타고 가면 이틀 정도는 걸릴 거리였지만, 한나절도 안 되어서 도착했다.

점심 시간이 되었기에 여기서 식사를 하자는 이야기가 나왔다.

바이크에서 내린 다음 거리를 둘러보았다.

"여전히 사람이 엄청 많네."

"그렇죠. 여기는 남쪽의 유통 거점이니까요. 저거 보세요! 귀엽네요."

"오오."

활기가 넘치는 노점에 진열된 장식품. 록시는 저런 걸 정말 좋아한다.

성기사였을 때는 그녀 나름대로 생각이 있어서 액세서리를 거의 하지 않았다고 한다. 그래서 그때는 노점을 돌아다니면서 액세서리를 구경만 했다는 것 같다.

하지만 지금은 하트 가문을 아버지인 메이슨 님께 돌려주었기에 그저 여행하는 검사일 뿐이다.

설마 나를 따라오기 위해 그렇게 할 줄은 상상도 못했기 때문에 정말 놀랐다. 하지만 그와 동시에 매우 기쁘기도 했다.

"왜 그래요? 페이. 싱글거리는데."

"아, 아무것도 아니야."

아무래도 얼굴에 드러나버린 모양이다.

흑검 그리드도 마음이 풀어졌다며 잔소리를 하는데, 무시해야겠다.

고개를 갸웃거리면서 내게 다가오는 록시. 요즘 그녀는 지금까지보다 더 나와의 거리를 좁히고 있는 것 같다.

"모처럼 왔는데 뭐라도 살래?"

하인이었을 때보다 지갑 사정에 여유가 생겼기 때문에 여기에 있는 거라면 뭐든 사줄 수 있다.

하지만 록시는 고개를 저었다.

"이것만으로도 충분해요."

록시는 그렇게 말하면서 옷 속에 가려져 있던 펜던트를 보여주었다. 예전에 내가 록시에게 선물한 보석으로 만든 펜던트였다.

"이렇게 보는 건 좋아하지만, 많이 가지고 싶은 건 아니거든요."

"그렇구나."

록시와 마주 보고 있자니 뒤쪽에서 따끔따끔하고 싸늘한 시선이 느껴졌다. 그녀도 눈치챈 모양이라 둘이서 그쪽을 바라보니.

"즐거운 시간을 보내고 계신데 죄송합니다. 점심 식사는 어떻게 할까요?"

"그래, 그래. 나도 배가 고프거든. 그런 건 나중에 해줄래?"

홍채가 사라진 눈동자, 그리고 감정이 전혀 담겨 있지 않은 목소리로 메밀과 에리스가 끼어들었다.

그리고 그녀들이 계속 말했다.

"같이 여행하고 있는데, 마치 둘이서만 여행하는 것 같은 느낌이네."

"에리스 님의 말씀이 맞아요. 반성하시는 게 좋을 것 같네요!"

""죄송합니다……….""

나와 록시는 함께 사과했다.

나는 마음을 다잡고 에리스에게 말을 걸었다.

"그런데 바이크는 큰길에 놔둬도 괜찮을까? 도적 같은 녀석들이 있으면 어떻게 해?"

"아하하하하……, 걱정할 필요 없어. 저걸 움직이려면 마력이 적어도 100만 이상은 필요하니까. 그리고 바이크에는 왕가의 문장을 달아두었어. 만약 훔쳐 가려 한다면 극형에 처해지겠지."

"방긋방긋 웃으면서 아무렇지도 않게 무서운 말을 하지 않았으면 좋겠는데."

"미안, 미안. 저번에도 말했는데, 오랫동안 살다 보면 여러모로 점점 둔감해지거든."

마인도 비슷한 말을 한 적이 있다는 생각이 들었다. 그녀는 에리스보다 오랫동안 살았을 텐데.

그래서 그런가?

마인은 미각을 잃었다고 했다. 뭘 먹어도 마찬가지라고 했다.

지금 그녀는 우리 곁을 떠났다. 이유는 그 땅으로 통하는 문이라는 정체를 알 수 없는 것 때문이다.

그것은 마인에게 있어서 살아있는 이유이자 양보할 수 없는 것이기도 하다.

그 땅으로 통하는 문……, 지금 알고 있는 건 죽은 자를 이 세상으로 다시 불러올 수 있다는 것. 그로 인해 가리아에서 죽었던 록시의 아버지와 병사들이 왕도로 돌아왔다.

그리고 내 아버지도 되살아나 버렸다.

심지어 어떤 계약으로 인해 살아있었던 무렵보다 강해진 채로.

그 대상은 인간뿐만이 아니다. 먼 옛날에 사라졌던 마물까지 되살아나 버린 모양이다.

그것들은 지금 시대의 무인들이 도저히 상대할 수 없을 정도로 높은 스테이터스를 지니고 있었다. 다시 말해 E의 영역이다.

그 영역에서는 동등한 스테이터스를 지니고 있지 않으면 생채기조차 낼 수 없다.

천룡이 살아있는 천재지변이라 불리던 이유이기도 하다.

그런 고대의 마물들이 되살아나서 날뛰기 시작한다면 사람들은 공황상태에 빠져버릴 것이다.

우리는 그런 재앙이 일어나는 것을 막기 위해 그 땅으로 통하는 문을 열려 하는 신을 쫓아가고 있다.

그 녀석은 바르바토스 가문의 하우젠 근처에 숨어 있는 듯하다. 에리스가 신의 분신체를 통해 기척을 추적해서 알아낸 사실이다.

신이 그곳에 있다면, 그와 마찬가지로 그 땅으로 통하는 문을 원하는 마인도 있을 것이다.

그녀를 찾아내서 막는다.

말로 하면 간단하지만, 마인을 막을 수 있을지 따진다면 어설픈 각오로는 불가능할 것이다.

예전에 그리드가 말했던 것처럼 천부적인 재능을 지닌 그녀는 차원이 다른 수준에 있기 때문이다. 싸우면 반드시 대가를 치르게 될 것이다.

그런 생각을 하니 하우젠이 아직 멀리 있는데도 조금씩 긴장되는 게 느껴졌다.

내 긴장감을 느꼈는지 록시가 손을 잡았다.

"자, 점심 식사를 하러 가요! 페이는 또 고기를 먹을 거죠?"

"그, 그래! 두툼한 고기를 먹고 싶은데."

"그럼 이쪽으로 가요. 이 큰길로 조금만 가면 술집이 있는데 거기 고기가 부드럽고 맛있어요."

"그렇구나."

"네, 가리아로 원정을 갈 때 무간이 가르쳐줘서 가봤어요. 괜찮은 곳이었죠."

"그 사람은 이것저것 많이 알고 있을 것 같긴 해."

"맞아요, 맞아. 연륜이죠."

둘이서 먼저 가려다 보니 또 싸늘한 시선이?!

그녀와 함께 옆을 보니 그곳에는 눈을 흘기고 있는 에리스와 메밀이 있었다.

"내가 한 말을 벌써 잊어버렸어?"

"아웃이에요!"

이 두 사람은……, 너무 엄하다. 록시하고 잠깐 점심 식사를 하러 가려고 했을 뿐인데……, 그게 문제라는 거겠죠.

""죄송합니다.""

"정말……. 그런데 점심 식사는 고기 요리로 할 거야?"

"네, 에리스 님. 그럴 생각이에요. 그리고 그 술집에는 맛있는 생선 요리도 있어요. 그밖에도 메뉴가 잔뜩 있었고요. 남쪽 유통 거점이라 그런지 식재료도 풍부한 것 같아요."

"좋은 술도 있겠지?"

"물론이죠!"

"그럼 됐어!"

에리스는 술을 정말 좋아한다. 그리고 주량도 많다.

한 통 가득 담긴 와인을 전부 마시는 건 기본이다. 왕도의 단골 술집에서 같이 마셨을 때는 그 모습을 보고 깜짝 놀랐을 정도다.

"적당히 마시라고. 바이크 운전을 못 하게 되잖아."

"문제없거든. 왜냐하면 메밀이 있으니까."

갑자기 자기 이야기가 나오자 메밀은 당황했다. 하지만 여왕님의 명령이다.

메밀은 나를 힐끔 보면서 껄끄러운 표정을 지었지만 이내 대답했다.

"알겠습니다. 제가 열심히 운전할 테니 느긋하게 술을 즐겨주세요."

"착한 아이구나! 그래, 그래."

메밀은 순종적인 메이드처럼 에리스를 즐겁게 하는 것을 우선시했다. 그러자 여왕님도 매우 만족스러워했다.

에리스는 방긋방긋 웃으면서 메밀의 머리를 쓰다듬고 있었다.

그런 와중에 메밀은 나를 바라보면서 뭔가 호소하려는 것 같았다. 그러고 보니 테트라에 도착하기 전까지 계속 에리스를 돌봐준 건 그녀다.

제멋대로 구는 여왕님의 이야기를 바이크 뒷좌석에서 계속 들고 있었는지도 모르겠다.

그때, 메밀은 피를 빨 때 쓰는 송곳니를 나만 볼 수 있게끔 드러냈다.

응?! 그러니까 오늘 밤에 피를 빨게 해달라는 건가?

저번에 빤 지 얼마 안 되었는데 또 내 피를 마시고 싶어진 모양이다. 그걸로 에리스의 비위를 맞춰주는 걸 맡아준다면 싸게 먹히는 거지.

내가 고개를 끄덕이자 메밀은 바로 밝은 표정을 지었다.

"좋아. 그럼 고기를 팍팍 먹어보자고!"

""""그래!""""

응, 오늘 밤에는 피를 많이 잃겠지. 고기를 잔뜩 먹고 대비해둬야겠다.

록시의 안내를 받고 들어간 술집에는 손님이 잔뜩 있었다. 앉을 테이블이 없는 상태였다.

곤란해하고 있자니 에리스가 항상 쓰던 그것을 쓰기 시작했다.

색욕 스킬의 매료다. 자리에 앉아 있던 험상궂은 모험자들이 빨려 들듯 그녀 곁으로 다가왔다.

"자리를 양보해줄 수 있을까?"

"네! 기꺼이!"

"착한 아이구나. 당신들은 내가 식사를 마칠 때까지 거기에 정좌하고 기다려. 내가 식사하는 모습을 보여줄 테니까."

"감사합니다!"

가게 쪽에서도 태도가 불량한 그들 때문에 곤란했던 모양인지 간단히 길들인 에리스를 보고 박수를 치고 있었다.

"그럼 자리가 났으니까 앉자!"

"언제 봐도 무시무시한 스킬이구나."

"그래. 시험해볼래? 나는 언제든 준비가 되어있어."

"지금은 하지 마! 식사를 할 거잖아……, 코피가 나는 건 싫어……."

"아쉽네……, 밤에도 시간이 있으니까 언제든 말해줘."

윙크를 하는 에리스를 보니 몸이 떨릴 것만 같았다.

가리아에서 그녀의 매료를 이용해 지옥 같은 정신 단련을 했던 기억이 떠올랐다.

그건 지금 생각해봐도 용케 버텼다는 느낌이다.

식은땀을 흘리고 있자니 주문한 요리가 나왔다.

에리스만 생선 요리였고, 나머지는 모두 고기 요리다.

나는 무난하게 쇠고기 스테이크.

록시와 메밀은 향초를 먹여서 키운 닭고기와 우유를 듬뿍 넣어 만든 스튜.

그리고 에리스 앞에 놓인 거대한 생선구이가 이색적인 모습을 보여주고 있었다.

"전부 먹을 수 있어?"

"응, 문제없어. 이제 이 가게에서 가장 맛있는 와인들을 소환해야지!"

에리스가 손뼉을 치자 웨이트리스들이 와인병을 들고 왔다. 그리고 그것을 생선 요리 주위에 내려놓기 시작했다.

이제부터 연회를 벌일 생각인가 할 정도였다.

"멋지네! 페이트도 마실레?"
"나는 안 마실래. 볼일이 있어서 못 마실 것 같아."
"응? 어디 가려고?"
"무덤에 좀 다녀올 거야. 그리고 조사해보고 싶은 것도 있고. 오늘 밤 안으로는 돌아올 테니까."
"그렇구나……, 아쉽네. 혼술이라니……, 록시하고 메밀은 술을 안 마시는데……, 쓸쓸하네."
그렇게 말하면서 와인을 벌컥벌컥 마시고 있다. 벌써 혼자 연회를 시작한 모양이다.
록시와 메밀도 오랜만에 왕도가 아닌 곳에서 외식을 하니 신이 난 것 같았다.
그녀들은 곁들여 나온 빵을 작게 잘라 입에 넣었다. 그리고 스튜를 스푼으로 떠먹고 있었다.
서로 맛있다는 말을 주고받으면서 다음에는 뭘 먹을까 의논하고 있다.
요즘 두 사람은 사이가 좋은 것 같다.
예전에는 하트 가문과 브레릭 가문, 그렇게 대립 관계였지만 둘 다 가문의 굴레에서 벗어나니 잘 지낼 수 있게 된 모양이다.
그럼 따끈따끈한 스테이크가 식기 전에 먹어야겠다.
나는 눈앞에 있는 고기를 큼직하게 잘라서 입에 넣었다.
"으으으음!!"
절묘하게 구웠네! 육즙도 잔뜩!
너무나도 맛있어서 기분이 최고다!!
술을 마구 마셔대는 사람 옆에서 신나게 스테이크를 먹고 있자니 술집에 모험자 파티가 들어왔다.

척 보기에도 강한 것 같은 느낌이다. 장비도 꽤 괜찮은 걸 보니 상급 모험자들인 듯하다.

그 남자들은 자리가 다 찼다는 것을 알고 일부러 우리가 있는 곳으로 다가왔다.

"이봐, 거기 너. 팔자 좋다? 풋내기 주제에 예쁜 아가씨들을 주렁주렁 달고 말이야! 우리는 배가 고프다. 그 자리를 양보해주면 안 될까?"

"하하하하하, 그래. 리더 말이 맞다고."

"비켜라, 애송이 자식아."

보아하니 나를 쫓아내고 그녀들과 함께 식사를 하고 싶은 모양이다. 목숨이 아깝지도 않나?

무지란 것이 때로는 터무니없는 잘못을 저지르기도 하는구나.

나는 충고하려는 듯이 말했다.

"그만둬라. 더 이상 입을 벌리지 않는 게 좋을 거야."

"뭐라고?! 그게 무슨 말투야? 우리가 누군지 알고 그런 말을 하는 거냐?"

"그 말 그대로 돌려줄게. 난 모른다?"

"허어, 한번 해보자는 거냐?"

록시는 이렇게 도리에 어긋나는 행동을 용서하지 않는다. 메밀은 계속 에리스를 돌보느라 울분이 쌓여 있다.

그리고 여왕 에리스는 즐겁게 술을 마시고 있다가 방해를 받자 꽤 많이 화가 난 상태였다.

솔직히 말해……, 나는 그녀들을 막을 수 있는 방법을 모른다.

에리스가 대표로 방긋 웃으면서 그들에게 말했다.
"그렇게까지 원한다니, 우리가 상대해줄까?"
"오오, 정말이야? 좋았어."
"그럼 가게 영업에 방해가 될 테니까 이쪽으로 오라고."
"애들아! 가자! 잘 있어라, 풋내기. 혼자서 쓸쓸하게 스테이크나 먹으라고!"
모험자들은 에리스와 다른 여자들을 따라 의기양양하게 술집을 나갔다. 그리고 1분도 지나지 않았는데 그녀들만 돌아왔다.
"휴우~, 곤란한 사람들이었어."
"그래요. 아직 무인들 중에 저런 사람이 있었네요."
"속이 시원해졌습니다. 식사를 계속 하시죠!"
"""응!"""
아무 일도 없었다는 듯이 내 주위에 앉는 그녀들. 뭐라고 해야 하나……, 모처럼 주문한 스테이크의 맛을 느끼지 못하게 될 것 같다.
그래서 내가 말했을 텐데. 그녀들의 식사를 방해하지 말라고. 너무 위험하다고.
마인도 마찬가지로 화를 냈던 게 떠올랐다.
……내 주위에 있는 여자들이 너무 파워풀해서 곤란하다.

제2화 잃어버린 고향

술집의 술을 마구 마셔댄 에리스가 여관에서 쉬게 되었고…….
그녀 덕분에 즐거운 점심 식사가 나중에는 술주정에 고생하는 식사로 변해버렸다.

특히 취한 에리스는 내 곁에만 있으려 해서 고생했다. 억지로 나와 록시 사이에 끼어들어서 식사를 방해하려 했기 때문이다.

그녀를 여관으로 데리고 갈 사람은 메밀이다. 이 여행에서 돌봐주는 역할을 맡았기 때문이다.

"에리스를 부탁할게."

"으으으으으, 저 혼자서 할 수 있을까요……, 정말 불안한데요."

"괜찮아."

"신뢰해주시는 건 기쁘지만요……, 그렇게 근거 없는 자신감은 필요 없어요. 페이트 님도 함께 와주세요."

"식사하다가 말하긴 했는데, 갈 곳이 있어. 그러니까 내가 올 때까지 에리스와 함께 기다려줘."

"네? 남으라고요?!"

"……그래."

메밀은 나를 따라올 생각이었던 모양이다. 안타깝지만 포기해줬으면 좋겠다.

원망스러운 눈초리로 나를 바라보는 걸 보니……, 돌아오면 피를 잔뜩 빨릴 것 같은 느낌이 든다.

메밀에게 부축을 받은 채 기분 좋게 노래를 부르고 있는 에리스에게 말을 걸었다.

"에리스! 잠깐 다녀올게. 돌아올 때까지 술 깨라고."

"네헤~!! 알겠어어!!"

에리스는 메밀을 껴안으면서 내게 대답했다. 완전히 취한 모양이다.

"기다릴게~. 그때까지는 메밀이 상대해줘야겠어. 페이트를 그렇게 꼬셨는데 봐주지도 않고. 훌쩍……, 이 쓸쓸한 마음을 털어놓아야지! 저기~, 메밀!"

"히익?! 네에에에? 그건 곤란한데요!"

"좋잖아? 응? 응?"

"어딜 만지시는 거예요!! 페이트 님! 큰일이에요! 여동생의 위기라고요!"

"음……, 힘내……."

나는 그렇게 말한 다음 돌아서서 걸어가기 시작했다.

뒤에서 메밀이 도와달라고 외치는 목소리가 들리는데…….

계속 입을 다물고 있던 록시가 나를 곁눈질로 보며 말했다.

"그래도 되나요? 메밀이 정말 곤란해하던데요."

"에리스를 돌봐줄 수 있는 사람이 달리 없으니까……, 참아달라고 해야지."

메밀은 신의 분신체를 품고 있다. 그래서 에리스의 색욕 스킬, 매료가 통하지 않는다.

취한 에리스는 그야말로 매료의 악마로 변해버릴 때가 있다. 나도 견디기 힘들 정도로 강한 매료다.

그러니 이럴 때는 완전 내성을 지니고 있는 메밀에게 부탁하는 게 제일 낫다.

그녀에게 떠넘겨서 미안해하는 듯한 록시에게 말했다.

"그럼 록시가 에리스를 돌봐주면 좋을 것 같은데."

"그건……."

그러자 그녀는 망설이는 듯한 표정을 지었다. 평소 그녀답지 않게 얼버무리고 있었다.

큰길에 세워둔 마도 바이크를 타면서 물어보았다.

"응? 왜 그래?"

"에리스 님께서는……, 가끔 저를 엄청나게 노려보실 때가 있으셔서……."

"어? 그래?"

"페이는 그런 구석이 둔감하니까 포기했어요. 어떤 때냐 하면 말이죠……. 페이와 함께 있을 때, 가끔 저를 빤히 바라보고 계시거든요."

"화가 났다는 거야?"

"그런 느낌은 아닌데요……."

뭐라고 표현하기 힘든 느낌이라고 한다. 에리스의 과거도 수수께끼투성이다.

내가 알고 있는 건 예전 폭식 스킬 보유자가 구해주었다는 것뿐이다. 그건 그녀가 아니라 측근인 백기사가 가르쳐 주었다.

에리스는 자신의 과거에 대해 거의 이야기하려 하지 않는다. 아마……, 별로 재미있는 내용이 아닐지도 모르겠다.

나도 마찬가지니까 그 마음은 잘 알고 있다.

다음에……, 함께 술을 마실 때 그녀에게 제대로 이야기를 해 봐야겠다.

록시가 뒤에 탄 다음, 마도 바이크에 마력을 넣기 시작했다. 사람들을 피하며 속도를 늦추고 천천히 나아갔다.

지나가던 사람들의 시선이 우리에게 쏠리고 있었다.

이 세계에서는 사라진 4천년 전의 유산이다.

모두가 처음 보는 탈 것에 흥미진진한 모양이었다.

상인의 도시이기도 하니 이렇게 돈이 될 만한 기술에 주목하는 것도 당연할 것이다.

하지만 그들은 마도 바이크에 새겨진 왕가의 문장을 보고 바로 예의를 갖추어 고개를 숙였다. 무릎을 꿇는 사람까지 있었다.

에리스가 말한 대로 왕은 절대적인 존재라는 것을 실감할 수 있었다.

내게는 그냥 날마다 매료로 유혹하는 곤란한 사람인데…….

"왠지……, 많은 사람들이 저런 반응을 보이니 곤란하네요."

"이 바이크는 희귀하고, 왕가의 문장도 있으니까. 모든 면에서 임팩트가 너무 큰 거야."

"익숙해질 수밖에 없겠네요."

"그래. 사람들이 줄어들었어. 속도를 더 낼 테니까 꽉 잡아!"

"네."

껄끄러운 곳은 빨리 떠나는 게 상책이다.

우리는 바이크를 타고 상인들의 도시, 테트라를 나섰다.

목적지는 이곳에서 서쪽에 있는 내 고향이다.

그곳에서 꼭 확인해야만 하는 것이 있다.

록시가 허리에 두르고 있는 팔에 힘을 살짝 주며 물었다.

"페이의 고향은 가고일 때문에 다 타버렸죠?"

"맞아, 저번에 가리아로 갈 때 그랬지. 들렀는데 이런저런 일이 있어서……."

"그랬나요……, 혹시 가르쳐주실 수 있어요?"

"별로 좋은 이야기는 아닌데."

"상관없어요."

그렇게까지 말하니 입을 다물고 있을 순 없다.

고향에 도착할 때까지 그때 있었던 일에 대해 이야기해야겠다.

나는 한숨을 한 번 쉬고 록시에게 고향에서 있었던 일에 대해 말했다.

이야기의 시작은 테트라에서 촌장의 아들――, 세트를 만난 것이다. 그는 마을을 습격한 마물을 해치워줄 무인을 찾고 있었다.

하지만 테트라에는 다른 마물 토벌 의뢰가 많았고, 세트가 가지고 있던 돈으로는 무인을 고용할 수 없는 것 같았다.

그에게는 마을에서 추방당했을 때 쌓였던 응어리가 있었다. 하지만 5년 만에 부모님의 무덤에 성묘를 가고 싶었던 나는 가는 김에 해주겠다는 듯이 받아들였다.

"세트는 부인을 잃고 어린 딸과 함께 살고 있었어. 그런 환경에 토벌 의뢰 등으로 마을 바깥을 볼 기회가 생겨서 예전의 그가 아니게 되었던 거지."

"그렇군요. 세트라면……, 하우젠에서 부흥에 협력해준 사람이죠?"

"응, 지금은 하우젠을 이끌어가는 사람 중 한 명이야."

결국 내가 고향으로 돌아간 날 밤에 가고일들이 습격해왔다. 정신을 차리고 보니 마을 사람들은 대부분 목숨을 잃은 상태였다.

그런 와중에 나는 세트와 그의 딸을 지키기로 했다.

싸움이 끝났을 무렵, 마을은 괴멸 상태였고 가고일의 화염탄 마법 때문에 불타버렸다.

"마을은……, 안타깝네요. 그래도 세트와는 화해한 거죠?"

"그래, 그 녀석이 과거의 응어리를 모두 청산할 수는 없겠지만 한 방 때려달라고 해서."

"네? 때렸어요?"

"있는 힘껏 때리진 않았어. 그런 짓을 하면 큰일 나니까. 살짝 한 방, 때려줬지. 그런데 세토 녀석은……, 멋진 표정으로 웃더라고."

그 모습을 본 나는 아버지의 모습을 겹쳐보았다.

그 사람은 어린 내게 기운을 주려고 자주 웃곤 했으니까.

먼저 나아가는 세트의 미소를 보고 있자니 과거는 어찌 되든 상관없겠다는 생각이 들었거든.

"잘됐네요. 페이에게도요."

"그런 것 같아. 그때 세트와 화해하지 못했다면 하우젠은 아직 복구되지 못했을 거야. 뼈저리게 느꼈지. 유대의 힘을……, 헤어진 뒤에도 그때 품은 마음은 확실하게 이어져 있다는 걸 말이야."

"맞아요. 저도 페이를 생각했으니까요."

"록시……, 고마워."

"별말씀을요."

바이크 속도를 더욱 높이자 록시는 떨어지지 않게끔 나를 더 세게 끌어안았다.

갑자기 가슴이 두근거렸다. 하지만 그녀와 이어져 있다는 느낌이 들어서 기뻤다.

한동안 나아가다 보니 불타버린 마을이 보였다.

이제 여기에는 아무도 살지 않는다.

시간이 더 지나면 여기로 오는 길에도 풀과 나무가 자라서 간단히 오지 못하게 되어버릴 것이다.

바이크에서 내려서 주위를 둘러보았다.

"가고일에게 습격당한 뒤로 시간이 멈춘 것 같은 느낌이네."

"……페이의 고향을 보고 싶어서 따라오긴 했는데……, 이 정도일 줄은 몰랐어요."

록시가 미안하다는 표정으로 옆에 서 있었다.

내가 할 수 있는 건 그녀의 손을 잡아주는 것 정도밖에 없었다.

"그곳으로 갈 거죠? 페이는 괜찮은가요?"

"갈 거야. 그러기 위해 여기로 돌아왔으니까."

둘이서 마을 변두리에 있는 내 집으로 걸어갔다.

여기도 사람 손을 타지 않았기 때문에 따스한 봄기운을 받고 풀이 자라나기 시작하고 있었다.

더 따뜻해지면 허리 근처까지 자랄 것이다.

집도 마찬가지로 타버린 상태였다. 하지만 가고일이 태운 게 아니다.

예전에 나를 마을에서 추방한 다음 마을 사람들이 태워버린 것이다.

다른 집과 차이를 느낀 록시는 뭔가 짐작한 모양이었다.

"페이……."

"이미 끝난 일이야."

우리는 집 뒤쪽으로 들어갔다.

그 너머에는 이곳으로 온 목적이 있다. 내 부모님의 무덤이 어떻게 되었는지 확인하러 왔기 때문이다.

천천히 다가간 내 눈에 들어온 것은…….

"크윽……, 젠장……, 진짜였어."

"저희 아버님과 마찬가지네요. 페이의 아버님은……."

"그래, 되살아났어. 신의 분신체를 빼앗고 라이네를 유괴한 건 분명히 내 아버지야."

두 무덤 중 하나에 흙 속에서 무언가가 기어 나온 것 같은 흔적이 있었다.

죽은 사람이 되살아났다. 그렇게 확신하기에 충분한 흔적이었다.

되살아난 건 아버지뿐이다. 어머니는 지금도 무덤 아래에 잠들어 있다.

이유는 잘 모르겠지만, 부활할 수 있는 사람과 그렇지 않은 사람으로 나뉘는지도 모르겠다. 뭐, 지금까지는 추측에 불과하지만.

하우젠으로 가면 저절로 답에 가까워질 것 같은 기분이 든다.

아버지가 어떤 목적으로 움직이고 있는지는 모르겠지만, '계약'이라고 말했다.

분명 그 말에 큰 의미가 있을 것이다.

여기에 온 것은 그것을 알아낼 단서를 찾기 위해서라는 이유도 있었다.

나는 몸을 숙이고 아버지의 무덤에 뭔가 있는지 확인하기 시작했다.

그러자 로자리오가 흙 속에서 고개를 내밀었다.

"여기에……, 새겨진 문장은 뭐지?"

"어딘가에서 본 적이 있어요. 음……, 아아아앗!!"

록시는 짐작 가는 게 있는 모양이었다. 그리고 왠지 망설이면서 가르쳐 주었다.

"이건 교회에서 예전에 사용하던 라플라스 신을 나타내는 문장이에요. 지금은 그 신을 믿는 사람이 별로 없다고 들었어요. 신앙이 사라지고 있는데, 페이의 아버지는 라플라스 신의 신도였던 모양이네요."

"하긴……, 내가 어렸을 때 날마다 아침에 같이 기도를 했었지. 그게 라플라스 신이었다는 건 몰랐지만……."

"그리고 이걸 봐주세요. 아무래도 신도 중에서도 지위가 높은 조디악 나이츠였던 것 같아요."

"조디악……, 나이츠?"

"네, 저도 자세한 건 모르지만 저택에 있던 라플라스교의 오래된 서적을 읽은 적이 있어요. 거기에 이 로자리오 그림과 함께 조디악 나이츠에 관한 내용도 적혀 있었어요. 그 사람들은 이 나라가 건국되기 전……, 예전에는 신의 자손이라 불릴 정도로 강한 권력을 가지고 있었다고 해요. 그런데 이유는 모르겠지만 지금은 라플라스교 자체가 쇠퇴해버렸고, 그로 인해 조디악 나이츠도 없어져 버린 모양이에요."

"지금은 서적에만 남아 있는 존재라는 거지?"

"맞아요. 그런데 페이의 아버님께서 그 로자리오를 가지고 계셨다니……."

설마 아버지에게……, 그런 과거가 있었을 줄은 몰랐다.

이건 중요한 정보가 되겠어.

나는 주머니에 로자리오를 조심스럽게 넣었다. 그리고 많이 상한 무덤 두 곳을 깔끔하게 다듬기 시작했다.

록시도 도와주었기에 생각했던 것보다 빨리 끝났다.

"고마워, 록시."

"이 정도는 별거 아니에요. 페이의 부모님께 이렇게 인사를 드릴 수 있어서 다행이네요."

"그중에 한 명은 무덤에서 나와서 지금은 없지만 말이야."

"그럼 직접 만나서 인사를 드려야겠네요!"

"그래, 그때는 나도 제대로 할 거야."

"네!"

록시가 따라와 줘서 정말 다행이다.

참고로 여기까지 오는 동안 그리드가 말을 걸지는 않았다.

아마 그도 나름대로 신경 써준 것 같다. 그리드에게도 고맙다고 해야겠다.

아론과 대결할 때 이미 결심했다. 그리고 현실을 눈으로 보니 더 확실해졌다.

그러니 안에 사람이 없는 무덤 앞에서 이렇게 말해야겠다.

"아버지, 다음에 만나면……, 나는 당신과 싸울 거야."

마음 정리는 끝났다.

우리는 두 무덤을 등지고 에리스와 메밀이 기다리는 상업도시 테트라로 돌아갔다.

모든 것이 끝나면 다시 올게……, 어머니.

제3화 조디악 나이츠

알지 못했던 것, 알고 싶지 않았던 것. 그것이 동시에 찾아오면 사람은 매우 당황하는 모양이다.

상업도시 테트라로 돌아온 뒤로도 마음속이 왠지 뒤숭숭했다.

록시와는 여관 앞에서 헤어졌다. 그때 그녀가 걱정스러운 표정을 짓고 있었다는 것을 기억하고 있다.

하지만 록시는 내가 잠시 혼자 있고 싶다고 하자 아무런 말도 하지 않고 방으로 걸어갔다.

나는 밤하늘의 별을 올려다보면서 큰길을 걸었다. 흑검 그리드가 보다 못한 나머지 말을 걸었다.

『왜 그래? 아버지와 싸우겠다고 결심한 주제에 왜 그렇게 떨떠름한 표정을 짓고 있는 거냐?』

"그건 이미 결심했으니까 이제 괜찮아."

『그럼 이제 와서 무슨 생각을 하는 거지?』

"나는 아버지에 대해서 아무것도 몰랐어……. 알고 있는 건 자상한 아버지였고, 항상 나를 지켜주었다는 거지. 하지만 그게 다였어."

『그건 네가 어린아이였기 때문이다. 어린아이는 부모가 떠안고 있는 사정을 알 수가 없지.』

"……그래도 그때 아버지가 상처투성이였던 이유를 물어봐야만 했을 것 같아. 록시가 해준 이야기를 들어보니 조디악 나이츠는 정말 강한 것 같던데. 그렇다면 그때 아버지는 무엇과 싸우고 있었을까? 그렇게 가까이 있었는데도 전혀 몰랐어. 그때 나는 아버지가 지켜주는 게 당연했고, 그게 전부라서 주위에 대해 생각하지도 못했다고."

『네 스킬과 관련이 있다는 거냐?』

"가능성은 있는 것 같아."

오래전부터 신앙이 있었다는 라플라스교. 그 신도들이 설립한 라플라스 교회는 왕국보다 역사가 오래된 모양이다.

록시 이야기에 따르면 문헌에 가리아 붕괴 이전이라 나와 있었다고 한다. 수천 년 전부터 신앙이 있었다는 역사가 있는데도 지금은 거의 사라진 상태다.

그리고 라플라스 교회라는 통괄기관도 천 년 전에 사라져버린 모양이다. 이유는 모른다.

지도자가 사라져서 지금은 곳곳에 남아있는 교회가 독립적으로 운영되고 있을 뿐이다. 아마 라플라스교가 쇠퇴한 원인은 그것일 것이다.

예를 들어 왕도에 있는 교회는 슬럼가에 있다. 그곳에서는 수녀들이 가지지 못한 자들을 구제하는 활동을 해나가고 있다.

수녀들은 나쁜 사람이 아니었다. 고생하며 고아들을 키우고, 부랑자들에게 식사를 주기도 했다.

어설픈 마음가짐으로 할 수 있는 일이 아니다.

존경할 만한 사람들이었다.

아버지는 그런 사람들보다 지위가 높은 조디악 나이츠였다고 한다. 어떻게 된 걸까……. 어렸을 때 내가 본 아버지는 자상해서 마치 수녀들 같은 사람이었다.

하지만 흑창을 들고 내 앞을 막아선 아버지는 그렇지 않았다.

얼굴에는 새빨갛게 빛나는 문신. 그것을 일그러뜨리며 억지로 지은 것 같은 미소.

그 얼굴은 내가 알고 있는 아버지의 얼굴이 아니었다. 거기에 있었던 것은 모르는 얼굴이었다. 지금은 알 수 있다. 조디악 나이츠로서의 아버지를 알고 싶지 않았기 때문인 것 같다.

나는 어렸을 때부터 아버지를 영웅으로 보고 있었던 것이다.

『실망하는 것도 좋지만, 내일은 여기를 떠날 거다. 그 전까지는 표정을 되돌려놓으라고. 한잔 마시고 갈 테냐?』

그리드의 목소리를 듣고 위쪽을 보니 벽에 매달린 술집 간판이 보였다.

"그래. 가끔은 좋은 말도 하네?"

『가끔이라는 말은 할 필요 없다. 이 몸은 언제나 도움이 되는 말만 하니까.』

"아하하. 그럼 호의를 받아들일게."

술집 문을 열자 예상했던 대로 안이 시끌벅적했다.

들어오기 전부터 문 너머로 유쾌한 목소리가 새어 나오고 있었기 때문이다.

록시에게 배웠다. 우울할수록 밝은 곳으로 가라고.

이제 조금 기분이 좋아질 것이다.

빈자리를 찾아보았지만, 앉을 만한 곳이 없었다.

안 되겠다 싶었는데, 커다란 원형 테이블에 혼자 앉아 있던 젊은 남자가 나를 보고 방긋 웃었다.

너무 싹싹한 표정이라 나를 다른 사람으로 착각한 게 아닐까 하는 생각이 들 정도였다.

하지만 그는 분명히 나를 향해 손을 흔들고 있었다.

그 남자는 고급스러운 옷을 입고 있었다. 왠지 종교적인 느낌이 드는 옷이었다.

"여기 앉도록 해. 올 예정이었던 사람들이 모두 일이 생겨서 오지 못하게 되었거든. 그러니 사양할 필요는 없어."

나도 여기까지 들어왔는데 다른 술집을 찾아다닐 생각은 없었다. 그리고 이 은발 남자에게 흥미가 생기기도 했다.

가슴 쪽에 달고 있는 로자리오가 낯익었다.

"그렇게 무서운 표정을 짓지 말아줄래? 모처럼 자리를 양보해 줬는데 말이야. 페이트 그래파이트……, 아니. 지금은 페이트 바르바토스인가?"

"어째서 내 이름을. 너는……."

"뭐, 앉으라고."

남자는 웨이트리스가 가져온 와인을 받아들며 말했다. 그리고 이미 테이블 위에 놓여 있던 잔 열세 개 중 두 개에만 따랐다.

하나는 자기 앞에, 다른 하나는 내 앞에.

"마시도록 해. 고급 와인이야. 여기는 남쪽 물류 거점이라 그런지 좋은 와인을 마실 수가 있네. 다른 사람들에게도 권하려고 했는데 이렇게 혼자 기다리게 되었거든."

나는 자리에 앉아서 은발 남자에게 다시 물었다.

"그러기 전에, 넌 정체가 뭐지?"

"성급하네. 아니, 닮긴 했어. 피는 속일 수가 없다는 건가? 뭐,

됐어. 나는 네가 짐작하는 대로 조디악 나이츠야. 이름은 라이브라."

"아버지와는 무슨 관계지?"

"전우야. 그가 되살아난 걸 느끼고 여기까지 왔는데 말이지. 늦어버려서 만나지 못한 것 같아. 온 김에 다른 사람들하고 여기에서 이 세상의 술을 즐기려고 했는데 아쉬워. 일이 잘 풀리라는 법은 없나봐."

라이브라는 내 아버지를 알고 있는 것 같다.

더 물어보려고 입을 열었지만, 그가 손을 들어 막았다.

"이 정도로만 하자고. 맛있는 와인이 맛없어지니까. 그렇게 캐묻기만 하다간 자신이 무지하다는 걸 상대방이 알게 될 거라고."

"날 부른 건 너였잖아."

"그래, 맞아. 딘이 목숨을 걸면서까지 지킨 아들의 얼굴을 제대로 봐두고 싶었거든. 그럼, 한 가지만 가르쳐줄게."

그가 자신의 얼굴을 손가락으로 가리키자 붉은 문신이 얼굴에 나타났다. 이건……, 형태는 다르지만 아버지의 문신과 분위기가 비슷하다.

"이건 성각(聖刻)이라 불리는 신의 계시야. 이걸 통해 우리는 믿기지 않을 정도로 강한 힘을 얻었지. 대죄 스킬에 필적할 정도로 강해. 뭐, 그러기 위한 힘이기도 해."

라이브라가 한 말은 대죄 스킬 보유자와 싸운다는 의미다. 그렇게 느낀 순간, 나는 흑검에 손을 가져다 대었다. 그러나.

"지금은 싸울 생각이 없어. 언젠가는 그렇게 될지도 모르지만. 아이러니하지 않아? 성각을 지닌 조디악 나이츠……의 아들이

대죄 스킬 보유자라니. 우리가……, 교회에서 도망칠 만도 하지."

"도망쳤다고?"

"그래. 그때 딘의 부인은 임신한 상태였어. 그리고 도착한 곳은 네가 잘 알고 있는 곳이지. 그런 다음 딘의 부인은 너를 낳고 죽었어. 오랫동안 도피 생활을 하다 보니 몸이 많이 지쳤기 때문일 거야."

어머니가 죽은 이유를 듣다 보니 흑검을 칼집에서 뽑아 들려던 손을 내리고 있었다.

알고 싶지 않았다…….

내 폭식 스킬은 마을에 찾아온 감정사 때문에 처음으로 발각된 거라고 계속 생각해왔기 때문이다. 하지만 그렇지 않았다. 라이브라의 말을 있는 그대로 받아들인다면, 내가 태어나기도 전부터……, 아버지 같은 사람들은 내 스킬을 알고 있었다는 뜻이다. 그런 게 가능한가?

어떤 스킬을 가지고 있는지는 태어난 뒤에야 알 수 있을 텐데. 왜냐하면 감정 스킬은 어머니와 태아를 구분할 수가 없으니까. 스킬을 발동시키면 반드시 어머니를 감정해버리기 때문이다.

어렸을 때, 아버지는 우연히 폭식 스킬을 얻어버린 거라고 했다. 하지만……, 만약 태어나기 전부터 알고 있었다면……, 우연이 아니다.

필연이었다고 한다면……, 인위적인 방법으로 폭식 스킬을 얻어서 태어났다는 뜻일 것이다.

하지만 스킬은 신이 준 선물(기프트)이다. 신과 같은 행위를 할 수 있는 방법이 있다는 건가?

"너는 이 스킬에 대해 뭘 알고 있지?"
"적어도 너보다는 잘 알고 있어."
나는 짜증이 나서 라이브라를 노려보았다. 하지만 그는 미소를 지으며 흘려넘겼고, 들고 있던 와인을 다 마신 다음 말했다.
"부모님이 지켜준 소중한 목숨이잖아. 여기서부터는 나아가지 않는 게 좋을 거야. 아마 딘도 그걸 원할 테고."
"그 말은……, 경고하는 건가?"
"충고야. 소중한 전우의 아들이잖아. 폭식 스킬의 부담 때문에 허망하게 사라지는 모습을 보고 싶진 않아. 그리고 폭주해서 괴물이 되어버린 네가 딘과 싸우는 모습은 더더욱 보고 싶지 않고. 보아하니 그다지 오래 버티진 못할 것 같은데."
"……."
"뭐, 됐어. 조만간 또 보자고."
라이브라는 자리에서 일어나 술집을 나갔다. 내 앞에는 와인을 따라준 뒤에도 손을 대지 않은 잔과 빈 잔 열두 개가 남아 있었다.
그런 내게 그리드가 《독심》 스킬을 통해 말했다.
『왜 그래? 안 마실 거냐?』
"마실 수 있을 리가 없잖아. 그리드는 알고 있지? 조디악 나이츠에 대해서 말이야."
『그렇긴 하지. 이 잔을 봐라. 몇 개나 있지?』
"열셋."
『성각을 지닌 조디악 나이츠는 열세 명 있다. 라이브라가 말한 대로 조디악 나이츠들은 계시라 불리는 절대준수의 계약을 신과 맺었지.』

"아버지가 말한 계약이라는 게 그건가?"

『아마도.』

"라이브라는 어째서 내게 접촉한 거지?"

『적의는 없었으니 그냥 얼굴을 보러 온 거겠지. 그 땅으로 통하는 문이 열리게 되니 그 녀석들도 움직이기 시작한 거고.』

"막는 쪽이야? 아니면 그 반대?"

『계시를 따라 움직인다. 이 몸 같은 존재가 신의 진심을 알지 못하듯이 그 녀석들의 행동 원리 같은 건 이해할 수 없는 경우가 많아.』

아버지도 목적을 수행하는 것만을 우선시하고 있었다. 그런 와중에도 얼린 병사들이나 성기사들의 목숨을 빼앗지는 않았다.

그리드가 한 말이 사실이라면 하늘의 계시가 자신이 원하는 바와는 다르다는 뜻이다.

하지만 하늘의 계시에 따라서는…….

"싸워야만 하는 건가?"

『그런 거지. 열세 명이나 있고. 페이트, 너 혼자서는 아마 힘들 거다.』

"신 문제도 있는데……. 조디악 나이츠까지……."

『천룡 한 마리와 싸우던 시절이 그립군.』

"미리 말해두지만, 그때도 꽤 힘들었거든?"

아마 조디악 나이츠도 나나 에리스와 마찬가지로 E의 영역일 것이다. 그렇다면 수적 열세가 꽤 심한데.

보아하니 하우젠으로 가는 도중에 라이브라와 다시 만나게 될 것 같다.

내 앞에 놓여 있던 와인을 바라보고 있자니 그리드가 말했다.
『한 잔 더 주문할까?』
"그래."
눈앞에 있는 와인은 포기하고 다른 걸로 마시자.
지나가던 웨이트리스를 불러서 새 와인을 주문했다.
"전혀 안 드신 것 같은데요, 치워도 되나요?"
"아, 이건 같이 있던 사람 거라서요."
"알겠습니다. 바로 가져다드릴 게요."
적어도 아버지가 조디악 나이츠고, 하늘의 계시라는 신과의 계약에 얽매여 있다는 사실은 알아냈다.
그것만으로도 라이브라라는 남자와 이야기한 보람이 있었다.
그도 아버지와 마찬가지로 그 땅으로 통하는 문의 영향으로 이 세상에 되살아난 걸까?
그리고 나머지 조디악 나이츠 열두 명도 마찬가지인가?
그렇게 과거의 강자들이 계속 나타날지도 모른다.
하지만 더 이상 혼란스러운 상황은 피해야 하는데…….
무슨 일이 있더라도 그 땅으로 통하는 문만은 닫는다. 그것만큼은 확실하다.
웨이트리스분이 가져다준 와인을 마시려고 잔 쪽으로 손을 뻗었다.
그때, 그것을 빼앗아간 사람이 있었다. 누군가 했더니 에리스였다.
"아, 맛있을 것 같은 와인이네. 마셔버려야지!"
꿀꺽꿀꺽 마시는 에리스.

그녀는 신이 나서 텅 빈 잔을 테이블에 올려놓으며 방긋 웃었다.
"이상한 기척이 느껴져서 서둘러 와봤는데. 이미 떠난 모양이구나."
"그래……."
"여기는 너무 떠들썩한데. 밤바람을 쐬고 싶기도 하고. 바깥으로 나갈까?"
"알았어."
결국 술을 한 방울도 마시지 못한 채 술집을 나섰다.
작달막한 언덕으로 이어지는 고갯길을 걸어갔다. 에리스는 낮에 마신 술기운이 완전히 다 빠졌는지 발걸음이 가벼웠다.
"해장술은 좋단 말이지. 시원해졌어."
"술꾼이나 하는 말인데."
"술은 좋다니까. 껄끄러운 기억도 잊을 수 있거든."
"왜 그래? 평소답지 않게."
평소보다 얌전한 그녀. 팍팍 들이대는 느낌이 전혀 없고, 뭐라고 해야 하나, 힘이 없다.
에리스는 내 곁으로 와서 나를 끌어안았다.
"이봐."
"에헤헤헤. 이 정도는 괜찮잖아. 낮에는 배려해줬는데."
"에휴~."
"한숨 금지! 나는 이 나라의 여왕님이라고. 경의를 표해!"
"진짜 왜 그러는데?"
걸어가다 도착한 곳은 전망이 좋은 장소였다. 테트라 거리가 한눈에 보였다.

위를 올려다보면 밤하늘. 아래쪽을 내려다보면 거리의 조명이 또 하나의 별들처럼 보였다.

"어때, 예쁘지?"

"대단하네. 이런 곳이 있을 줄은 몰랐어."

"앗, 이럴 때는 에리스가 더 예쁘다고 해야지."

"미안, 미안."

"가볍네! 진짜……, 이러니까 페이트는……."

한동안 둘이서 경치를 바라보았다. 이런 시간도 나쁘지 않네.

술을 마시는 것보다 기분전환이 더 잘 된다.

에리스가 천천히 입을 열었다.

"조디악 나이츠를 만난 모양이던데. 그것도 라이브라."

"되살아난 아버지를 찾으러 온 것 같아. 다른 사람들하고도 여기에서 만날 예정이라고 했어. 사실인지 아닌지는 모르겠고."

"그렇구나……, 페이트의 아버지 이야기를 듣고 말이지. 얼굴에 붉은 문신이 있다길래……, 혹시나 싶긴 했어."

그녀는 떨고 있는 것 같았다. 아랫입술을 살짝 깨물면서 뭔가를 참고 있는 것 같았다.

"이번에야말로 내 힘으로 그 녀석을 저세상으로 보내줘야지. 페이트, 나를 도와줄래?"

"에리스……."

그녀는 자신을 타이르는 듯이 중얼거렸다. 그 모습을 보니 알 수 있었다.

오늘 만난 라이브라라는 조디악 나이츠. 그와 에리스는 과거에 뭔가 악연이 있었던 것이다. 터무니없이 오랫동안 산다는 건 좋기만 한 게 아니다. 그만큼 얽매이게 되는 것이 많이 생길지도 모른다.

제4화 테트라의 야경

에리스는 말했다. 조디악 나이츠 중 한 명, 라이브라의 별명은 조율자라고.

신을 섬기는 기사이면서도 그에 맞지 않는 행동을 아무렇지도 않게 저지르는 남자라고 한다.

에리스의 추측에 따르면 라이브라의 하늘의 계시는 '세계의 이치를 어지럽히는 자의 제거'라고 한다. 그러기 위해서라면 악마와 계약을 맺어서라도 목적을 달성한다.

그 말을 듣고 내가 가장 먼저 생각한 것은 그에게 대죄 스킬 보유자가 적이라는 것이다. 세계의 이치에서 벗어난 스킬을 지닌 우리를 그가 용납할 리가 없기 때문이다.

그녀에게 그 생각을 말하니 웃어 버렸다.

그보다 더욱 중요한 일이 지금 벌어지려 하고 있다고……. 라이브라에게는 그 땅으로 통하는 문이 더 우선순위가 높다.

그 존재 자체가 세계의 이치를 전부 붕괴시키는 힘을 지녔다고 한다. 실제로 죽은 사람들이 되살아난 것만 봐도 알 수 있다.

에리스는 그 땅으로 통하는 문이 해결되기 전까지는 그를 이용하면 된다고 말했다. 그런 다음에는 내가 그를 죽일 거야, 라고도 했다.

에리스는 라이브라와 질긴 악연이 있는 사이인 것 같다. 그의 이름을 말했을 때 보여준 표정만 봐도 죽이고 싶을 정도로 미워

한다는 건 분명했다.

하지만 그녀에게 들은 건 그게 전부였고, 예전에 라이브라에게 무슨 짓을 당했는지까지는 알려주지 않았다.

아마 말하고 싶지 않은 짓을 당했을 것이다. 내가 알 수 있는 건 그 정도뿐이었다.

한동안 전망대에서 함께 야경을 바라보고 있었다.

"미안해……, 페이트."

"사과할 필요는 없어. 뭐든지 다 알고 싶다는 말을 할 처지도 아니고."

"아하하, 그랬지. 록시에게 비밀로 한 게 잔뜩 있었으니까. 몸에 대해선 이야기했어?"

"아직……, 하지 못했어. 그래도 몸이 바뀌어버렸을 때 들켰을 것 같아."

하지만 록시는 그 사실에 대해 내게 묻지 않았다.

"그녀답구나. 그렇게 배려해줄 수 있는 아이가 곁에 있다는 걸 고마워해야 해."

"굳이 말하지 않아도 그렇게 생각하는데."

"그럼 마음에 제대로 답해줘야지. 시간이 없다면 더더욱 그렇고."

"……그건."

"아무리 너라도 알고 있을 텐데? 록시는 성기사라는 지위를 버리면서까지 네 힘이 되어주려 하고 있어. 어째서 그러냐는 말은 하면 안 되지."

에리스는 먼 산을 바라보는 듯한 눈빛으로 내게 말했다.

그 시선의 끝은 야경이 아니라 더 멀리 있는 무언가를 바라보는 것 같았다.

나는 밤하늘을 올려다보면서 록시를 생각했다.

가리아에서 있었던 일이다……. 해골 마스크로 얼굴을 감추고 록시를 지킨답시고 싸우기도 했다. 그런 과정에서 녹색 계곡에 갔을 때, 지면이 무너져서 단둘이 남게 되어 이런저런 이야기를 했던 게 기억난다. 그때 그녀는 나를 걱정해주고 있었다.

해골 마스크로 인식 저해 효과가 있는데도 불구하고 그녀는 이렇게 말했다. 행동 같은 게 페이트와 많이 비슷하다고.

그 말을 들었을 때는 나도 깜짝 놀랐다.

지금 와서 생각해보면 우스운 이야기다. 록시가 틈만 나면 내게 하는 소리이기도 했다.

그 이야기만 나오면 나는 창피해서 숨고 싶어진다.

왕도로 돌아온 뒤에도 마찬가지다.

라팔 브레릭과 전투를 벌이다 다친 나를 받아준 것도 록시였다.

사람인 이상, 잘못을 저지를 수도 있다. 그 사실에 계속 얽매여 있으면 안 된다. 그 아픔을 양분 삼아 앞으로 나아가야만 한다.

록시는 가리아에서 많은 부하들을 잃었다. 슬퍼하는 것도 중요하지만, 계속 애달파하기만 하다간 남은 부하들을 지휘해나갈 수가 없다.

그러한 입장에 있는 사람은 그에 맞는 책임도 지게 된다. 나는 그녀의 자세를 보고 배웠다.

나는 미숙했다. 록시도 내가 모르는 곳에서 많은 상처를 입었다. 그런데도 불구하고 그녀는 나를 신경 써 주었다.

지금의 내가 있는 건 분명히 그녀 덕분이다.

물론 에리스와 마인, 아론, 그리고 메밀 같은 사람들의 힘이기도 하다.

하지만 그중 내게 가장 소중한 사람을 꼽으라면, 역시 록시다.

나도 그렇게까지 둔감하진 않다. 이런 상황까지 되니 항상 그리드에게 바보 취급당하는 나라도 알 수 있다.

그녀가 내게 쏟는 따스함은 특별한 것이라는 사실을.

하인이었던 무렵이나 일개 무인이었던 무렵에는 그녀와 입장이 너무 달라서 생각하는 것조차 외람된다고 여겼다.

하지만 '어서 오세요'라는 말과 함께 나를 껴안아 주었을 때, 그녀에 대한 마음이 마치 둑이 터진 것처럼 흘러넘쳐 버렸다.

나는 에리스의 옆얼굴을 보며 말했다.

"나는 록시를 사랑해."

그러자 에리스는 나를 돌아보며 방긋 웃었다.

"이제야 말했구나. 그래도 그런 말은 내가 아니라 록시에게 해. 뭐, 방금 그건 나로 연습했다고 쳐줄게!"

"잘난 척 하기는……."

"아하하하! 실제로 나는 잘난 여왕님이거든. 만에 하나 록시에게 고백해서 실패하게 되면 내가 위로해줄게."

에리스는 그렇게 말하면서 매료의 힘을 전개했다.

말로 할 수 없는 감각――, 그녀에게서 눈을 떼지 못할 것 같은 기분이 북받쳤다.

"이봐, 이런 상황에 무슨 그런 힘을 쓰는 거야!"

"어? 괜찮잖아. 네 각오가 진짜인지 확인시켜주는 거야. 그런 말을 해놓고 내게 매료당할 정도라면 실격이지. 얌전히 내 것이 되면 된다고."

"진짜……, 엉망진창이네."

"나는 여왕님이니까. 이래 봬도 제멋대로 구는 편이거든."

"진짜, 곤란한 여왕님이야."

그런 다음 다시 한동안 둘이서 테트라의 야경을 바라보고 있었다.

밤이라 그런지 조금 쌀쌀했다. 봄이 코앞으로 다가온 시기인데도.

"슬슬 여관으로 돌아가자."

"……."

그녀는 대답하지도 않고 고개를 젓기만 했다.

이대로 같이 있어줄 수도 있지만, 왠지 에리스는 혼자 있고 싶어하는 것 같았다.

아마 그녀도 혼자 생각하고 싶은 게 있는 것 같다.

조디악 나이츠인 라이브라 생각일지도 모르겠다.

나는 그런 생각을 하면서 먼저 여관으로 돌아가기로 했다.

에리스를 두고 언덕에서 내려갔다. 그런 내게 그리드가 《독심》 스킬을 통해 말했다.

『혼자 있게 해도 괜찮은 거냐?』

"계속 같이 있어도 점점 껄끄러워질 것 같아서."

『하하하, 너도 그렇게 배려할 수 있게 되었구나. 성장했다는 건가?』

"그렇게 얕보지 좀 말라고!"

한참 나를 비웃은 그리드는 거짓말처럼 조용하게 이야기하기 시작했다.

『아버지와 싸울 거라고?』

"그래……, 아버지는 조디악 나이츠라 불리는 조직에 소속되어 있었던 것 같아. 그리드, 너는 알고 있었지?"

『그렇다고 한다면?』

"너답다고 생각할 뿐이지. 그리드는 항상 비밀투성이니까."

『잘 아는군. 그리고 이 몸이 하나하나 말하지 않았지만 페이트, 너는 여기까지 왔다. 그러니 가슴을 펴라고.』

그래도 그리드의 힘이 있었기 때문에 여기까지 올 수 있었던 건 분명하다.

비밀투성이인 녀석이긴 하지만, 여차할 때는 제대로 가르쳐 준다.

그리고 이건 우리 부자간의 문제이기도 하다.

아버지는 쫓아오지 말라고 했다. 하지만 나는 이제 어린애가 아니다.

"내 일은 스스로 정해."

『그랬지. 그럼 하우젠으로 가기만 하면 되겠군. 그리고 단련하는 걸 잊지 마라. 쓴맛을 본 지 얼마 안 되었으니 잘 알고 있긴 하겠지만.』

"절대동결……, 그 공격을 어떻게든 해야 하는데."

제4위계의 마장을 더 잘 다룰 수 있게 되어야만 한다.

적어도 아버지의 동결에 밀리지 않을 정도로 강한 흑염이 필요하다.

그 공격에 당해버리면 두터운 얼음 벽에 가로막혀서 손을 쓸 수가 없기 때문이다.

"오늘도 부탁할게."

『의욕이 넘치는 것 같은데! 루나에게도 미리 말해두는 게 좋을 것 같군. 그 녀석도 요즘에는 힘이 들어갔으니까.』

루나는 언니인 마인에게 전하고 싶은 말이 있는 것 같다.

그러기 위해서 그리드가 말한 것처럼 그녀도 적극적으로 힘을 빌려주고 있다.

싸워보니 알게 되었다. 루나는 상당한 달인이다.

그와 동시에 그녀는……, 싸움을 싫어한다는 게 느껴졌다.

겁을 먹은 건지도 모르겠다.

나도 비슷한 걸 품고 있으니까. 싸우다 보면 왠지 비슷하다는 느낌이 든다.

폭식 스킬을 가지고 있는 이상, 끝없는 싸움이 계속된다.

아마 그 싸움에서 벗어나려면 죽는 것밖에 방법이 없을 것이다.

"요즘에 루나는 이것저것 이야기를 자주 해주게 되었거든."

『원래 그 녀석은 말이 많다. 이제야 본 모습을 보이기 시작한 거지.』

"그리드하고는 이야기를 안 하잖아? 이유가 뭐야?"

『그, 그럴 일이 이것저것 있다고!』

"흐음~……."

뭐지……, 왜 그렇게 당황하는 거지?!

항상 거만하게 굴던 그리드답지 않다. 생각해보니 정신세계의 그리드는 항상 루나에게서 거리를 두고 있었던 것 같은데.

대체 이유가 뭘까.

신경 쓰이는데!

"이봐, 가르쳐 줘."

『몰라. 그렇게 뭐든지 물어보지 말라고!』

"갑자기 이상해진 것 같은데? 그리드."

『이 몸은 모른다. 아무것도 몰라!』

고집스럽다. 그리고 매우 허둥대는 것 같은 느낌이다.

신기하네……, 이런 그리드는 정말 처음 보는 것 같은데.

됐어. 이렇게 되었으니 절대 입을 열지 않을 테니까.

"그럼 루나에게 물어봐야지."

『이봐! 잠깐! 잠깐!』

"내가 말했잖아. 요즘 나하고 자주 이야기를 해준다고. 부탁하면 분명히 가르쳐 주겠지."

두 사람의 관계에 대해서는 본인들에게 물어볼 수밖에 없다.

이것만큼은 어쩔 수 없다.

"좋았어, 결심했다고."

『좋았어, 저쪽에서 페이트를 처리할 수밖에 없겠군.』

"이봐!!"

정말, 터무니없는 말만 하고 말이야.

사람들이 줄어들기 시작한 큰길을 걸어갔다.

이미 밤이 깊어가고 있는 시간이었다.

하지만 여관의 조명은 확실하게 켜져 있었고, 외출했던 나를 맞이해 주었다.

이곳은 무인들이 이용하는 여관이다. 나이트 헌트를 하는 사람도 있기 때문에 하루 종일 접객할 수 있게끔 해둔 모양이다.

그렇기에 이렇게 편리한 여관을 고른 것이기도 했다. 그리고 침대가 푹신푹신해서 푹 잘 수도 있을 것이다.

이건 여자 일행들이 신경 쓴 부분이었다.

어두운 방에 램프 불을 켰다.

딱 좋은 밝기다. 일렁이는 불꽃을 보니 적당히 잠이 왔다.

하품을 하면서 흑검을 근처 벽에 기댔다. 목욕은 내일 아침에 하자. 졸음을 참지 못하고 침대에 파고들었다.

"응?"

뭐지……, 부드러운 감촉이 느껴지는데. 이건 침대가 아니야.

"아아아앗……."

이상한 목소리가 들리는데?! 설마, 이건?!

완전히 잊어버리고 있던 게 생각났다.

"어딜 만지시는 거예요!"

튀어나온 사람은 예상대로 메밀이었다.

볼을 붉히며 따지고 있다. 보아하니 방법에는 문제가 있긴 하지만, 계속 기다리고 있었던 모양이다.

"그런 곳에 숨어있으니까 그렇지."

"그래도 계속 기다렸는데 돌아오지 않으시니까……, 졸려서요."

"자기 방에서 자면 되잖아."

"다 알면서 그런 말씀을 하시네요!"

아무래도 메밀은 한계가 온 것 같았다.

다시 말해 내 피를 빨고 싶어서 견딜 수가 없다는 뜻인가?

눈동자는 선혈처럼 붉게 빛나고 있다. 이렇게 된 그녀는 갈증에 시달리는 맹수나 마찬가지다.

"어서……, 어서……, 이제 참을 수가 없어요!"

"알았으니까 진정하라고! 늦은 밤이란 말이야."

"늦은 밤까지 기다렸다고요! 그럼, 잘 먹겠습니다!"

"기다리라니까. 끄억!"

메밀은 내 말엔 아랑곳하지도 않고 덤벼들었다. 기세 때문에 밀려서 침대에 쓰러져 버렸다.

그녀는 그대로 자연스럽게 내 목을 깨물었다.

이럴 때만은 메밀답게 괴롭히는 듯한 표정을 보인다.

"이봐, 진정하라고……."

피곤해서 그런지 의식이 멀어질 것만 같았다.

메밀은 고개를 든 뒤 방긋 웃었다.

입 주위에는 내 피가 잔뜩 묻어 있었다.

"이다음에는 제가 전부 해둘 테니 푹 쉬세요."

그녀가 작은 입을 벌린다. 램프 조명에 날카로운 송곳니가 수상쩍게 빛나고 있었다.

그것이 다시 내 목에 박혔다. 이제 아픔이 느껴지지도 않았고, 이번에는 진짜로 의식이 멀어졌다.

제5화 정신세계의 루나

돌아가고 싶어도 돌아갈 수 없는 곳. 만약 그런 세계가 있다면 이곳과 비슷할지도 모르겠다.

아무리 둘러봐도 새하얗기만 한 공간이 끝없이 펼쳐져 있다.

계속 걸어가 봐도 전부 똑같아서 나아가고 있다는 느낌조차 사라져버릴 것 같다.

나는 그런 곳에 멍하니 홀로 서 있었다.

하지만 날마다 오는 나는 이 정신세계에 꽤 익숙해진 것 같다.

"늦네……, 그리드하고 루나."

평소에는 내가 여기에 오기 전에 그리드가 기다리고 있곤 한다.

그런데 오늘은 어디에도 없다.

정신세계는 루나가 만들어 준 곳이다.

이 아래에는 폭식 스킬의 세계가 있다.

먹은 혼이 원망스러운 목소리를 내며 구원을 갈구하고 있는 곳이다.

가리아에서 폭식 스킬을 제어할 수 없게 될 뻔했을 때, 나는 루나가 만든 이 세계 덕분에 살아날 수 있었다.

그 이후로도 정신세계는 뚜껑 역할을 하며 폭식 스킬의 영향을 완화해주고 있다.

그건 그렇고, 어떻게 된 걸까. 기다리다 지친 나는 새하얀 지면에 드러누웠다.

여기로 오기 위해 현실세계의 나는 푹 잠들어 있다.
만약 이 정신세계에서 눈을 감고 잠들면 어떻게 되는 걸까?
신경 쓰이는데!
시험 삼아 눈을 감고 있자니 머리 위에서 귀에 익은 목소리가 들렸다.
왠지 어린 느낌이 남아있는 달콤한 목소리는…….
"아, 루나! 기다리고 있었어."
"정말……, 이쪽에서도 자려는 사람은 처음 봤어. 그리고 레이디를 아래에서 들여다보다니, 꽤 하는데?"
"아, 그럴 생각은 없었어."
허둥대며 일어났다. 그녀가 그렇게 말하면서도 내게 천천히 걸어오고 있었기 때문이다.
보여주고 싶은 건가, 하는 착각이 들게 만드는 행동이었다.
"일어났구나. 계속 누워서 다가오는 나를 바라보고 있었다면 밟아주려고 했는데, 아쉽네."
"그것도 괜찮을 것 같은데."
다시 드러누우려 하는 나를 보고 그녀가 눈을 흘겼다.
"뭐어? 기분 나쁘거든?"
"아하하하, 농담이야."
"진짜."
처음 만났을 무렵에는 어색했던 관계도 지금은 이렇게 잡담을 나눌 수 있는 정도가 되었다.
루나에게는 고마워하고 있다. 그와 동시에 껄끄러운 마음도 있다.

내가 하니엘과 동화해 있던 그녀까지 혼을 통째로 먹어버렸기 때문이다.

루나가 이 정신세계를 만들어내긴 했지만, 폭식 스킬의 감옥에서 영원히 풀려날 수는 없다.

하니엘의 코어로 흡수된 뒤, 믿기지 않을 정도로 오랜 세월을 지냈다.

그런 다음에 이런 상태가 된 것이다.

이것이 구원이라는 생각은 전혀 들지 않았다.

하지만 그녀는 '고마워'라고 했다. 여기서는 적어도 자신으로 있을 수 있기에 기쁘다고…….

나는 그 말을 듣고 답답한 마음이 들었다.

세상에는 잘 풀리지 않는 일투성이구나. 아득히 먼 옛날에는 신이 있었고, 구원도 있는 세계였다고 하는데.

이건 아버지에게 들은 이야기다. 예전에는 나도 믿었던 라플라스 신이 세계의 평화를 지키던 시절 이야기다.

모두가 평등하게 살던 시대. 그곳에는 스킬도 없고, 스테이터스도 없고, 마물도 존재하지 않았다. 거짓말 같은 이야기였다.

신의 비호 아래 영원한 행복이 지속될 거라 생각했다. 하지만 신은 이 세계에서 사라졌고, 그 대신 스킬과 스테이터스를 남긴 다음……, 마물이라는 시련을 주었다.

어렸을 때 들었던 기억이 떠올랐다. 아버지가 죽은 뒤로 신앙 같은 건 내팽개쳤을 텐데.

루나는 고개를 갸웃거리면서 나를 바라보고 있었다.

"왜 그래? 표정이 굳었는데……, 앗, 내 속옷을 어떻게 하면 볼 수 있을지 생각하는 거지?"

"아니야!"

"과연 그럴까? 요즘 당신은 여러 여자애들하고 얼레리꼴레리 하고 있으니까."

"이봐, 껄끄러울 만한 짓은 하지도 않았다고."

"그래? 나는 페이트를 통해서 계속 보고 있었거든. 그 누구보다 당신을 잘 알고 있을 것 같은데."

"내 사생활은 대체……."

"괜찮아! 괜찮아! 이래 봬도 나는 입이 무거우니까."

처음 만났을 때는 정말 조용한 사람이라 생각했다.

하지만 지금 그녀를 보니 그 무렵에 봤던 모습은 전혀 없다. 많이 말하고, 많이 웃고, 활발한 사람이다.

루나는 이 정신세계를 통해 내 행동을 볼 수 있다.

그래서 내 아버지나 조디악 나이츠 라이브라도 알고 있다.

테트라 언덕에서 에리스와 이야기했던 내용도 물론 파악하고 있을 것이다.

예상했던 대로 루나는 방긋 웃으며 내 반응을 즐기고 있었다.

"내 생각으로는 록시와 잘 되었으면 해. 결심했지? 그럼 얼른 전하는 게 나을 것 같은데."

"……그렇지."

"뭐, 당신이 마음속 어딘가에서 멈추려 하는 이유가 폭식 스킬 때문이라는 건 잘 알고 있어. 하지만 록시가 당신에게 누구도 대신할 수 없는 사람이라면 이미 답은 나왔지."

루나는 그렇게 말한 다음 입을 다물었다.

이미 다 알고 있으니 일부러 말하지 않겠다는 뜻일 것이다.

폭식 스킬이 가장 소중한 사람을 제물로 원하고 있다.

이것은 스킬이 지니고 있는 습성이었다.

생각하고 싶지도 않지만, 만약 그렇게 되어버린다면 루나도 어떻게 될지 모르겠다고 한다.

왜냐하면 예전 폭식 스킬 보유자는 그렇게 하지 않았기 때문이다.

"그래도 당신은 함께 있고 싶다고 원했고, 그녀는 그 마음에 응했으니까 이제 나아갈 수밖에 없어. 하지만 폭주하면 곁에 있는 록시가 위험하다는 걸 잊어선 안 돼."

"충고 명심할게. 응……, 확실하게 전할 거야."

"기대하고 있을게."

루나는 만족스러운 듯이 고개를 끄덕였다.

그런데 바로 고개를 갸웃거리면서 말했다.

"하던 이야기로 돌아가자면……, 역시 요즘 페이트는 늘어진 것 같아."

"음, 어떤 부분이……."

그녀가 무슨 말을 하고 싶은 건지는 알고 있다. 하지만 껄끄러워서 그렇게 대답해버렸다.

계속 보고 있었던 것이다. 그러니 루나는 현실세계의 내가 어떤 상황인지도 알고 있을 것이다.

"아하하하, 다 알면서! 페이트는 금방 얼굴에 드러난단 말이지. 정말 곤란하다는 듯한 표정이야."

"아무런 말도 할 수가 없네요."

“흐음, 흐음. 그럼 말이야, 지금 페이트의 상황……, 침대에서 자고 있는 모습을 볼까?”

“그, 그럴 수도 있……어?”

“당연하지. 자, 어떻게 되어 있을까?”

늘 하는 것처럼 자연스러운 동작으로 손가락을 튕기는 루나.

그러자 우리 앞에 사각형 모양 영상이 나타났다. 그곳은 천장이었다.

보아하니 내 시점인 것 같다. 뭐, 루나가 나를 통해 봤다고 했으니 당연하겠지.

나는 침대에 누워 자고 있다. 이래 봬도 잠버릇은 나쁘지 않은 편이라 일어나보니 베개가 발치에 있거나 한 적은 없다.

숨소리를 내며 잠든 나. 딱히 특이한 점은 없다.

“뭐야……, 깜짝 놀라게 하기는. 그냥 자기만 하잖아. 이런 걸 봐도 재미는 없을 테니 이 정도로만…….”

침대 위에서 메밀에게 피를 빨렸던 것까지는 기억하고 있다. 그 뒤로는 피를 잃은 데다 지쳐서 꿈속 세계로……, 아니, 여기로 왔다.

사실 메밀에게 피를 빨린 뒤로 어떻게 되었는지는 나도 모른다.

이상적인 상황은 만족한 그녀가 자기 방으로 돌아가준 거겠지만…….

요즘 아침에 깨어나 보면 메밀도 같은 침대 위에서 자고 있는 경우가 많다.

주의를 줘도 피를 마시면 견딜 수 없는 졸음 때문에 움직일 수가 없어진다고 하니까. 어쩌다 보니 이렇게 되어버렸다.

하지만 아직까지……, 메밀은 안 보이네. 가슴을 쓸어내리고 있자니.

"앗, 저거 봐! 메밀이 있잖아."

"어?!"

부스럭부스럭, 천이 스치는 소리가 들린 다음, 이불 아래에서 메밀이 고개를 쏘옥 내밀었다.

"휴우~, 배가 또 고파졌네요. 페이트 님! 일어나셨나요? 보아하니 푹 잠드신 것 같네요. 그럼 잘 먹겠습니다!"

그녀는 혼자서 연기를 한 다음 내 목을 깨물었다.

그리고 피를 빨기 시작했다.

몰랐다……. 설마 밤새 내 피를 빨았을 줄이야…….

그래서 아침에 일어나보니 빈혈 때문에 어지러웠던 거였구나.

"너무 많이 마시잖아!"

"자자, 진정해. 페이트. 이 정도는 별것도 아니야."

"……더, 더 있어?"

"응."

루나는 이제 깨어날 수밖에 없다고 결심한 나를 뒤에서 붙잡은 다음 활짝 웃으며 대답했다.

기분 나쁜 예감밖에 안 드는데!

그렇게 우리가 지켜보는 와중에 메밀이 매우 만족스러운 표정을 짓고 있었다.

"휴우~, 잘 마셨네요. 더 이상 빨면 피가 부족해서 죽어버릴지도 모르니까 참아야죠! 자, 그럼!"

메밀은 다시 부스럭거리며 움직이기 시작했고, 내 시야에서 사라졌다. 어디 간 거지?!

아래쪽으로 내려간 건 알겠는데…….

"신경 쓰여서 견딜 수가 없다고!"

"자, 자, 진정해! 페이트! 괜찮아, 그 애를 믿어줘."

루나가 한 말이 맞았다.

잠시 후 영상에서 보이지 않는 쪽에서 메밀의 울음소리가 들렸다. 억누르고 있어서 그런지 웅얼거리는 듯한 목소리였다.

나는 그 목소리를 듣고 있을 수밖에 없었다.

가끔씩 '오라버니, 어째서……'라는 목소리도 들렸다. 라팔과 하드를 부르는 것 같았다.

평소의 메밀과는 다른 연약한 일면을 봐 버렸다. 말로는 지나간 일이라고 했지만, 사실은 허세였던 것 같다.

육친에게 배신당해 생긴 마음의 상처는 지금까지도 낫지 않았고, 문득 고개를 내밀곤 하는지도 모르겠다.

나는 그 모습을 보며 루나에게 고맙다는 인사를 했다.

"메밀에게 조금 더 자상하게 해줄게. 가르쳐줘서 고마워."

"별말씀을. 보다 못하겠더라고. 가끔 생각이 나서 울어버리는 것 같아."

"미처 몰랐어……."

"그래도 말이지. 상태가 좋을 때는 페이트에게 장난을 치는 것 같으니까 조심하는 게 나을지도 몰라."

"뭐?! 메밀도 참, 어쩔 수가 없구나. 벌을 줄 필요가 있겠어."

무슨 짓을 당했는지는 모르겠지만, 별것 아닐 것이다. 루나가 웃으면서 말하는 걸 보니 예상이 된다.

더 이상 메밀이 우는 모습을 보는 건 마음이 편하지 않다. 영상에서 눈을 돌려 루나와 마주 보았다.

슬슬 본론으로 들어가고 싶다. 이제부터는 루나만 알 수 있다.

루나도 내 모습을 보고 뭘 물어볼지 대충 짐작하고 있는 것 같았다. 손가락을 튕겨서 현실세계의 영상을 껐다.

언제든 말하라는 듯한 표정으로 나를 바라보았다. 그렇다면 물어봐야지.

나는 천천히 숨을 들이마신 다음.

“마인은 왜 그 땅으로 통하는 문을 원하는 거야? 하우젠에 도착하기 전에 알아두고 싶은데.”

“그래. 지금도 언니가 변하지 않았다면 목적은 단 하나야.”

루나는 한없이 이어지는 새하얀 세계를 바라보며 이야기하기 시작했다.

나는 그 이야기를 듣고 답답한 마음이 들었고, 마인을 막아야만 한다고 결심했다.

제6화 록시의 선언

"페이! 페이!!"

이름을 듣고 눈을 떠보니 록시가 살짝 볼을 부풀리고 있었다!

이미 여행 준비는 다 된 것 같은 느낌이다. 새로 맞춘 하얀 여행복을 입고, 허리에는 검을 차고 있다. 당장에라도 다음 도시를 향해 여행을 떠날 수 있을 만한 옷차림이었다.

그에 비해 나는 잠옷 차림으로 침대 위에 있다.

"미안. 늦잠을 잔 모양이네."

"그건 상관없어요. 예정 시간보다 조금 늦은 정도니까요. 하지만! 이게 어떻게 된 거죠?"

"어……?"

록시는 내 양쪽 옆구리를 번갈아 가며 손가락으로 가리켰다.

그쪽을 보니…….

"으앗! 어째서!"

메밀은 피를 빤 다음 가끔 그대로 잠들어버리는 경우가 있다. 이제……, 이건 포기하긴 했지만 설마 한 명이 더 있을 줄은 상상도 못했다.

머리카락이 윤기 있고 푸른 여자……. 짐작이 되는 사람은 한 명밖에 없다.

"에리스!!"

너무나도 예상 밖의 누군가가 있다는 사실에 깜짝 놀란 내가 이불을 들춰보니…….

"어……?"

그녀는 무슨 생각을 한 건지, 이해할 수 없는 차림새였다.

옷을 하나도 입지 않았다. 속옷조차 입지 않았다. 다시 말해 태어났을 때 그대로였다.

곧바로 록시가 내 두 눈을 손으로 가려 시야를 막았다.

"이게 어떻게 된 거예요! 페이!"

"아니……, 뭐가 어떻게 된 건지 나도 모르겠는데."

나와 록시가 떠들어대고 있자니 그 소리를 듣고 메밀이 천천히 눈을 떴다. 정말 푹 잤는지 입에서 흘러내린 침을 다시 마시는 소리가 들렸다.

"흠냐……, 시끄럽네요……, 무슨 일이죠?"

"무슨 일이냐는 건 내가 할 소리고. 메밀도 슬슬 자기 방에서 자도록 해. 나한테 큰일이 벌어지니까!"

"어머머, 저도 어제는 피곤했는지 페이트 님의 피를 마신 다음에 졸려서 침대를 빌렸어요. 죄송합니다. 그래도 남매니까 문제는 없죠?"

"문제 있어요!"

록시가 곧바로 메밀을 혼내기 시작했다. 하지만 그녀는 별로 귀담아듣지 않는 것 같았다.

"어머, 록시 님이시네요! 좋은 아침입니다. 아침부터 페이트 님과 사이가 좋으시네요. 왜 그렇게 눈을 가리고 계신 건가요?"

"이건……, 거기 계신 에리스 님께서 말씀드리기 힘든 차림새로 주무시고 계시기 때문이에요."

"에리스 님? 응? ……어어어어어어? 페이트 님! 어떻게 된 거죠? 제가 잠든 사이에 옆에서 대체 무슨 짓을 하신 건가요? 자세히, 확실하게 말씀해 주세요."

록시가 눈을 가린 데다 메밀에게 멱살까지 잡힌 채 휘둘리고 있는 상황이다.

이제 막 일어났으니까 좀 봐주세요!

나는 전혀 껄끄러울 만한 짓을 하지 않았다고.

어째서 에리스가 알몸으로 옆에서 자고 있었는지 나도 알고 싶어!

"나도 모른다니까. 에리스! 일어나! 에리스!!"

계속 이름을 부르다 보니 겨우 그녀가 깨어난 모양이었다.

시야가 가려져 있어서 보이진 않지만 나를 만지작거리고 있다는 건 알 수 있다.

"좋은 아침이야……, 아침부터 왜 그래? 소란스러운데."

"주된 원인은 너야. 왜 여기서 잔 건데. 그것도 알몸으로!"

"어머? 내 방에서 자려고 했는데 실수로 네 방에서 자버린 모양이구나. 미안해. 그리고 나는 잘 때 기본적으로 알몸으로 자거든. 따뜻한 계절이 되었잖아. 알고 있었어?"

"알긴 무슨!"

"어? 그랬구나. 그래도 오늘 알아버렸네?"

매우 기쁘게 말하며 나를 끌어안는 에리스. 록시가 눈을 가리고 있어서 보이진 않지만 엄청나게 부드러운 감촉이 느껴졌다.

"그럼, 잘 자!"

"잠들지 마! 어떻게 좀 해줘!"

눈을 가리고 있는 록시가 힘을 주는 게 느껴진단 말이야. 메밀은 팔을 깨물고 있는 것 같다.

왕도 저택에서 지내던 무렵의, 당연한 줄 알았던 시원스러운 아침은 어디론가 사라져버렸다. 그것과는 정반대로 시끌벅적한 아침이었다. 메이드인 사테라가 깨워주던 무렵이 그립다.

게다가 나는 지금까지 혼자 여행을 하거나 마인과 둘이서만 여행을 해왔다. 여자 세 사람과 여행하는 건 처음인 내게 난도가 너무 높았던 건지도 모르겠다.

매일 아침 이런 느낌이라면 정말 버틸 수가 없겠는데.

겨우겨우 에리스에게 내가 잘못을 저지르지 않았다고 설명하게 했다.

간신히 록시와 메밀의 오해도 풀 수 있었다.

"에리스 님, 아무리 그래도 페이와 함께 그런 모습으로 주무시면 안 됩니다."

"어? 안 돼애?"

"당연하죠!"

"그럼 다음부터는 옷을 입을게. 이제 해결됐지?"

"안 됩니다. 에리스 님의 방에서 주무세요!"

"뭐어어~? 이래 봬도 나는 외로움을 많이 타는데. 페이트도 기쁜 것 같았고."

"페이, 그게 사실인가요?"

이봐! 내게 떠넘기지 말라고.

필사적으로 고개를 젓는 나를 보고 록시는 고개를 끄덕이면서 말했다.

"이제부터가 중요할 텐데 너무 경솔하세요. 에리스 님께서는 다음부터 에리스 님의 방에서 주무세요."

"뭐어~?"

"메밀도 마찬가지예요. 아무리 체질 때문에 페이의 피를 섭취해야 하더라도 함께 자는 건 안 돼요."

"네에에~?"

록시의 의견에 두 사람 모두 불만스러운 목소리를 냈다.

나는 그런 이야기를 하기 전에 에리스가 어서 옷을 입었으면 했다. 안 그러면 계속 눈을 가리고 있어야 하니까.

그런데 나보다 먼저 에리스가 록시에게 말했다.

"록시는 항상 페이트랑 함께 있으니까 우리도 조금 정도는 괜찮을 것 같은데?"

"그건……."

"어제도 고향에 같이 갔고."

"맞아요, 맞아요."

에리스가 그렇게 말하자 메밀도 맞장구를 치며 록시에게 따졌다.

하지만 록시는 한층 더 큰 목소리로 맞섰다.

"그래도 안 돼요! 메밀은 에리스 님을 돌봐드리는 역할이잖아요. 어서 옷을 입혀드려야죠! 자, 에리스 님도요."

에리스와 메밀은 평소에 화를 내지 않는 록시가 노려보자 도망치듯이 방을 나갔다.

이런 상황이 되었을 때 믿음직한 건 그녀뿐이구나. 여전히 눈이 가려진 채 고개를 끄덕이고 있다가 꾸중을 들었다.

"페이도 빈틈투성이인게 잘못이에요. 정말, 너무 곤란하게 하지 말아주세요."

"죄송합니다."

저 두 사람의 행동이 너무 파격적이라 전혀 예측할 수가 없다.

아무리 조심하더라도 저쪽이 이런저런 방법을 쓰기 때문에 피할 수 없다는 게 진심이다.

특히 잘 때는 더 그렇다. 정신세계에서 루나, 그리드와 이야기를 하거나 단련을 하다보니 어지간한 정도로는 깨지 못하기 때문이다.

겨우 눈이 가려진 상태에서 해방된 내게 록시가 의기양양하게 웃는 모습을 보여주었다. 그녀와 함께 지내다 보니 저런 표정을 지을 때는 그리 좋지 않은 생각을 하고 있다는 걸 알게 되어 버렸다.

저렇게 된 록시는 그 두 사람과 비슷해진다. 마음속으로 겁을 먹고 있자니 그녀가 더욱 활짝 웃었다.

"이렇게 된 이상, 다음부터는 페이와 방을 함께 쓸 수밖에 없겠네요."

"흐엑?"

"대체 뭐죠? 그렇게 맥빠진 대답이나 하고!"

그녀는 고개를 가까이 가져다 댄 다음 눈살을 찌푸리고 있었다.

나야 정말 고맙고 기쁜 제안이긴 한데…….

"왠지……, 긴장할 것 같아서."

"그, 그건 저도 마찬가지지만요. 이대로 계속 두고 볼 수가 없다고요! 이대로 가다간 틈만 나면 메밀과 에리스 님께서 페이의 방에 들이닥칠 게 뻔하니까요."

"그렇긴 하지. 날마다 이러면 솔직히 힘들어."

"맞아요, 맞아. 제가 감시하도록 하죠."

의기양양한 록시의 얼굴은 약간 붉게 물들어 있었다. 아마 나도 마찬가지일 것이다.

어쩌다 보니 그렇게 되었다는 느낌으로 앞으로는 록시와 같은 방을 쓰게 되어버렸다. 괜찮은 걸까? 그렇게 생각하기에는 이미 늦었다.

그런 생각을 하고 있다가는 또 꿈속——, 정신세계에서 루나에게 잔소리를 듣게 될 것이다.

나에게도 록시와 같은 방을 쓰는 건 꿈만 같은 일이다.

"부탁할게."

"좋아요, 그럼 오늘 밤부터예요."

록시는 여전히 침대 위에 있던 내게 손을 내밀었다. 그 손을 잡고 침대에서 내려왔다.

"그럼 옷을 갈아입을게. 록시는 아침 식사 했어?"

"아뇨, 여러분께서 일어나실 때까지 기다리고 있었어요. 옷을 갈아입으시면 식당으로 와주세요."

록시는 그렇게 말하고 내게 미소를 보여준 다음 방에서 나갔다.

나 혼자 남자마자 조용해진 방.

이 이상 아침 식사를 기다리게 하면 미안하기 때문에 재빨리 옷을 갈아입었다.

기대 두었던 흑검을 들고, 준비 완료!

방을 나가려던 내게 그리드가 《독심》 스킬을 통해 말을 걸었다.

『아침부터 대단하신데.』

“이봐, 그게 무슨 말이야? 어차피 어젯밤부터 계속 보고 있었을 거 아냐?”

『그렇긴 하지. 메밀은 여전한 것 같군. 에리스는 아마 라이브라와 만난 것 때문에 겉으로는 둘러댔지만, 마음속으로는 꽤 불안정해졌을 테니까. 저래 봬도 응석꾸러기니까 겁이 나서 너와 함께 자고 싶었을 거다.』

“그렇구나……. 라이브라라는 녀석은 에리스와 악연이 있는 것 같은 상대란 말이지.”

『뭐, 비슷하다. 신기하게도 무슨 일이 있었는지 물어보질 않는군. 루나에게도 물어보지 않았던 것 같고.』

“에리스의 절박한 표정을 보고 있자니 그러면 안 되겠다는 생각이 들어서.”

『하하하, 그런 배려도 할 수 있게 되었구나! 조금은 성장한 것 같군.』

“뭐야, 어린애 취급하지 말라고.”

완전히 바보 취급하는 것 같은데, 이번에는 그리드에 대해 이야기해 봐야겠다.

“루나가 쓸쓸해하던데. 오늘은 그리드가 안 왔다고.”

『흥, 이 몸은 딱히 상관없다!』

“정말 그래?”

『다, 당연하지.』

“말문이 막힌 것 같은데.”

『이 몸은 아무 말도 안 할 거다.』

토라져버렸는지 그리드는 입을 다물었다.

루나 이야기만 나오면 항상 그렇게 거부하는 걸 보니 오히려 흥미가 생겼다.

그리드는 딱히 배려할 필요도 없으니 팍팍 캐묻고 싶은데.

나는 뭔가 좋은 방법이 없을까 생각하면서 식당으로 걸어갔다.

록시에게 의논해보는 것도 괜찮을 것 같은데.

그녀는 그리드에게 관심이 많다. 루나와의 관계에 대해 이야기를 하면 분명히 신이 날 것이다.

식사를 하면서 할 이야기가 정해졌구나.

화제로 써먹히고 칼집 안에서 발버둥 칠 그리드의 모습이 벌써부터 눈에 선한데.

第7화 일거수일투족

아침 식사 때는 그리드와 루나의 관계에 대해 록시 일행에게 말하면서 이야기꽃을 피웠다.

에리스의 말에 따르면 그 두 사람은 보통 사이가 아니라고 한다.

"그게 어떤 사이인가요?"

"저도 알고 싶어요!"

이럴 때는 록시와 메밀의 호흡이 척척 맞았고, 눈을 반짝이며 에리스에게 이야기를 들으려 하고 있었다.

시선 끝에 있는 에리스는 매우 의기양양한 표정을 짓고 있다.

자기 이야기도 아니면서 용케도……, 저런 표정을 지을 수 있구나.

나는 빵을 먹으면서 테이블 위에 놓인 흑검을 바라보았다. 손에 닿아 있지 않기 때문에 독심 스킬이 발동되지도 않아서 그가 무슨 생각을 하고 있는지는 알 수가 없다.

아니, 그리드와 오랫동안 함께 지낸 나는 확실하게 알 수 있지.

(페이트! 두고 보자! 이 굴욕……, 용서 못한다!!)

이렇게 말할 게 분명하다.

다음 위계를 해방시키면 그리드가 잃었던 힘을 되찾을 수 있는 것 같고, 그렇게 되면 독심 스킬 없이도 우리와 이야기할 수 있게 된다고 했다.

그때가 되면 분명히 그녀들의 일방적인 이야기로 끝나진 않을 것이다.
여자 일행들과 무기물이 이야기를 나누는 모습을 보고 싶기도 하니 그리드가 자유롭게 말할 수 있게 되는 날이 기대된다.
나도 모르게 웃고 있는데 옆에 있던 록시가 미소를 지으며 내 얼굴을 들여다보았다.
"즐거워 보이네요."
"이렇게 떠들썩한 여행은 처음이니까."
"그러니까……, 페이는 마인 씨하고 오래 여행을 했었죠."
"응, 마인은 필요 이상으로 말을 하는 사람이 아니었고, 그리드는 독심 스킬을 통해서만 이야기를 할 수 있으니까, 여행은 꽤 조용했어."
"저는 아직 마인 씨하고 이야기를 하지 못했거든요. 하우젠에 도착한 뒤에 이야기를 나눌 수 있으면 좋겠는데……."
록시는 그렇게 말해주고 있지만, 과연 이야기를 할 수 있을까.
마인의 성격을 어느 정도 알고 있는 내 생각엔 가능성이 낮을 것 같다.
마인은 막무가내인데다 고집스럽고, 돈을 정말 좋아하니까.
마지막 부분은 상관이 없긴 하지만, 다른 사람이 이래라저래라 한다고 들을 사람이 아니다.
터무니없이 긴 세월을 살아온 그녀가 나 같은 애송이가 하는 말을 들을지 모르겠다. 하지만…….
"페이는 마인 씨와 만나서 무슨 이야기를 하고 싶은가요?"
내 예감을 떨쳐내 버리는 듯한 록시의 미소가 창문으로 스며드는 햇살과 합쳐져서 매우 눈부셨다. 그런 모습과 함께 그 말의 의

미에서도 록시다운 느낌이 들었다.
"뭐예요! 또 웃고!"
그녀는 내가 웃은 게 불만이었는지 볼을 부풀렸다.
"아니, 록시는 대단하다고 생각했을 뿐이야."
"네?! 갑자기 뭔데요……."
내 마음과는 상관없이 표정을 이리저리 바꿔 보이는 록시. 그 모습만으로도 충분했다.
그녀가 말한 것처럼 의외로 간단할지도 모른다. 나는 록시에게 배웠다. 무기를 들고 맞서는 것만이 싸움은 아니라는 것을.
"고마워, 록시."
"페이?"
"마인하고 만나면……, 그래. 무슨 이야기를 할까? 아, 그렇지!"
"왜요? 뭔데요?"
"저기……."
본인 앞에서는 말하기가 껄끄럽다.
하지만 록시는 아랑곳하지 않고 내게 몸을 더 들이대며 캐물었다.
"가르쳐 주세요. 여기까지 왔는데 비밀로 하다니, 치사해요!"
"……그게."
"그게?"
"마인하고도 록시와 이렇게 이야기하는 느낌이 될 수 있게끔 노력해 보려고. 그렇게 되기 위해서는 무슨 일이 있더라도 마인을 믿어야겠지."
"페이."

"이것도 록시 덕분이야. 그렇게 멀리 돌아온 나를 받아들여 주었으니까. ……나도 록시처럼 될 수 있다면 좋겠다는 생각이 들어서."

왠지 쑥스러워져서 그녀에게서 눈을 돌린 다음 남은 빵을 입에 넣었다.

그러자 손이 내 머리 위로 다가왔다. 그리고 자상하게 쓰다듬기 시작했다.

"착하다, 착해. 잘했어요."

"잠깐?!"

"제가 누나니까요. 연하인 페이의 성장을 칭찬해줘야죠."

"창피한데……."

"저는 신경 안 쓰니까 괜찮아요."

"그래도, 시선이……."

응, 그렇다.

계속 테이블 반대쪽에 앉아 있는 두 사람의 시선이 점점 날카로워지고 있는 느낌이다.

그리드와 루나의 관계 이야기였는데 어느새 둘이서만 다른 이야기를 하기 시작해버렸다.

의기양양하게 이야기하던 에리스가 자기 목덜미에 나이프를 가져다 대면서 씨익 웃고 있고, 메밀은 눈동자의 빛이 사라진 느낌으로 아무런 말도 없이 나를 계속 바라보고 있다.

록시도 그걸 눈치채고 손을 재빨리 거둔 다음 고개를 숙여버렸다.

"으으으……."

점점 얼굴이 붉어지는 그녀를 보고 있었더니 나까지 쑥스러워졌다.

에리스는 그런 우리에게 들고 있던 나이프를 내밀며 말했다.

"아침부터 염장질이네. 혹시 우리가 페이트와 함께 잔 게 무슨 관련이 있나?"

"그런 거 아니에요!"

"흐음~, 과연 그럴까? 메밀은 어떻게 생각해?"

"네, 자랑질이죠."

"메밀! 그건 너무 심한 말이에요. 그런 게 아니라고요!"

"과연 그럴까."

"에리스 님……, 심술궂으세요. 으으으으."

상대방이 두 명이라 록시가 불리한 것 같았다.

내가 도우러 나서고 싶지만, 불에 기름을 부을 수도 있었기에 지켜보아야만 했다.

그런 상황에서 록시가 원망스러운 눈초리로 나를 힐끔 보았다. 나는 미소를 지으며 마주 볼 수밖에 없었다.

나는 록시와 함께 여행을 하는 것만으로도 벅차거든.

자유분방한 두 사람을 어떻게 할 만한 힘은 없을 것 같다.

그리고 에리스와 메밀은 저대로도 괜찮을 것 같다는 생각도 든다.

그래서 나는 한 발짝 물러나서 상황을 지켜보기로 했다.

"페이도 뭐라고 말 좀 해주세요."

"……응."

"응 말고요."

"그래."

"정말!"

결국 잘못 대처해버린 것 같다. 록시에게도 혼났다.

시끌벅적한 아침 식사를 마친 우리는 머물던 여관을 나섰다.

허리에 차고 있던 흑검은 독심 스킬을 통해 불평을 잔뜩 늘어놓고 있었다.

『페이트, 잘도 그랬겠다.』

"괜찮잖아. 가르쳐주지 않는 그리드 잘못이라고. 그러니까 테이블 위에 올려놓고 모두 함께 이야기를 나눌 수밖에 없는 거야."

『구경거리로 삼았다고 해야겠지. 에리스 녀석……, 좋은 기회라는 듯이 이 몸을 바보 취급하다니.』

"정말 신이 났던데. 어제 라이브라와 만난 뒤로 상태가 이상한 것 같아서 걱정했거든. 그리드의 연애 이야기로 기운을 차린 것 같아서 다행이야."

『다행은 무슨! 이 몸이 이렇게만 이야기할 수 있다는 걸 이용해서 멋대로 지껄여대기는. 그 녀석은 예전부터 그랬지. 자기가 엮이면 갑자기 겁을 먹는 주제에 남 이야기만 나오면 마구 짓밟아댄다고.』

그리드가 에리스에 대한 뜻밖의 의견을 제시했다.

나는 앞서가는 그녀를 보면서 그리드에게 확인했다.

"뭐어? 그럴 리가 없잖아. 에리스라고. 오늘 아침에도……, 터무니없는 모습으로 자고 있었단 말이야."

『하하하, 페이트, 네 눈은 옹이구멍이구나. 저 녀석에 대해 전혀 모르고 있어. 백기사도 말했잖냐. 에리스는 네가 생각하는 것처럼 강한 여자가 아니라고.』

"믿을 수가 없는데……."

『그건 네가 에리스와 함께 지낸 시간이 그다지 길지 않기 때문이다. 생각해 보라고, 저 녀석은 뭔가 이유를 대면서 네 곁에서 떨어졌잖아.』

"그렇긴 하지."

그리드는 내게 뭐든지 다 가르쳐주는 성격이 아니다. 하지만 거짓말을 한 적은 없었다. 항상 빈정대기만 하는 녀석이긴 해도, 거짓말쟁이는 아니다.

그렇다면 에리스에게는 내가 알지 못하는 일면이 있는 것이다. 어젯밤, 이 마을의 작달막한 언덕에서 본 연약한 모습이 진짜 그녀인 걸까?

『이 여행에서 그걸 알게 될 거다. 라이브라라는 남자가 나타났으니 피할 순 없겠지. 페이트, 너도 힘들겠구나. 마인, 아버지, 그 땅으로 통하는 문……, 게다가 에리스까지. 동시에 다 처리할 수 있겠냐?』

"할 수밖에 없지."

『오, 말은 잘하는군. 얼마 전까지는 록시와……, 자기 일만으로도 벅찼는데 말이야.』

"록시 일도 그랬지만 말이야. 물론 나도 마찬가지고. 모든 걸 다 잘할 수는 없어. 할 수 있는 건 최선을 다하는 것밖에 없지."

『몸은 어떠냐?』

"루나 덕분에 안정됐어. 메밀에게도 협력을 받고 있고."

『그러냐……. 페이트, 여차할 때를 대비해서 충고해주마.』
"응? 왜 그래? 새삼스럽게."
『잘 기억해둬라. 폭식은 혼을 흡수해서 힘으로 삼는 스킬이다. 만능이기 때문에 아무것도 할 수 없게 되어버리는 경우도 있지.』
"……그게 무슨 뜻인데."
『이 몸이 주는 부적이다. 이야기는 끝났어. 어서 가지 않으면 아가씨 세 명에게 혼날 거다.』
그리드가 재촉하길래 앞을 보니 이미 록시 일행은 마도 바이크가 있는 곳에 모여 있었다.
록시가 이쪽을 보고 손을 흔들고 있었다.
달려가서 바이크를 타자 록시가 옷소매를 잡아당겼다.
왠지 평소 록시답지 않게 약간 머뭇거리고 있는 것 같은데.
"저기……, 부탁드릴 게 있어요."
"왜 그래?"
그러자 그녀는 바이크 핸들을 손가락으로 가리키면서.
"저도 운전해봐도 될까요?"
"운전?"
"네! 페이가 정말 즐거워하는 것 같아서 해보고 싶어졌거든요. 그래도 페이는 아직 더 운전하고 싶겠죠?"
가슴 앞에 손을 모으고 부탁하니 선택지는 없다.
"응, 좋아. 하우젠까지 아직 거리가 있으니까 교대하면서 가자."
"그래도 되나요?! 앗싸!"
"그럼 테트라 바깥까지 바이크를 이동시킬 테니까 거기서 타볼까?"

"네!"

신이 나서 내 뒤에 타는 록시.

왠지 평소보다 더 세게 끌어안은 것 같다.

역시나 에리스와 메밀의 시선이 따갑게 느껴지는 것 같긴 하지만, 신경 쓰지 말자.

"에리스, 록시도 바이크 운전을 하게 되어서 그런데, 테트라를 나선 다음에 넓은 곳에서 교대했으면 해. 그래도 될까?"

"응, 알겠어. 그럼 우리도 교대할까? 메밀도 운전할 수 있게 해두는 편이 나을 테니까. 해볼래? 메밀."

"네, 문제없습니다. 뒤에 타면서 계속 흥미가 있었거든요."

마도 바이크는 인기가 많은 것 같다.

큰길에 있는 사람들을 피하면서 테트라를 나섰다. 록시와 메밀은 바이크 운전이 정말 기대되는지 둘 중 누가 먼저 익숙해지는지 경쟁하자는 이야기까지 할 정도였다.

제8화 질투의 총탄

"야호~! 이거 재미있네요!!"

신나게 우리 앞을 달리는 바이크.

메밀은 눈 깜짝할 새에 익숙해진 모양이었다.

쓸데없이 갈지자 운전을 하면서 때로는 솟구친 지면을 이용해 점프까지 하고 있다.

그에 비해 록시는…….

"아아아아아앗, 페이! 큰일이에요!"

"진정해! 우선 진정부터. 으아아아앗!!"

정말 많이 봐준 표현으로 해도 서툴렀다. 하지만 아직 초보다.

이제부터 연습하다 보면 분명 능숙해질 것이다. 그녀는 운동신경이 뛰어나니까 바이크가 익숙하지 않아서 감각을 잡지 못했을 뿐일 것이다.

나는 바이크보다 말을 타는 게 더 힘들다. 그런 말을 쉽사리 타는 록시라면 금방 메밀처럼 탈 수 있게 될 것이다.

"페이! 페이! 앞에 커다란 바위가 있어요!"

"말도 안 돼! 차분하게 피하는 거야."

"네."

피하기는커녕, 다가가고 있는데!

록시가 운전하는 바이크는 마치 빨려 들어가는 것처럼 커다란 바위 쪽으로 접근했다. 뒤에 타고 있던 나는 무심코 핸들 쪽으로 손을 뻗었다.

“앗……, 페이.”

“이러면 괜찮아. 한동안은 같이 하자.”

“응…….”

평소 대답과는 다른 목소리에 가슴이 두근거리면서도 록시의 손을 잡으며 핸들을 꺾었다.

부딪힐 뻔한 바위를 피한 다음 앞에서 가던 메밀 일행의 뒤쪽으로 다가갔다.

“휴우~, 위험했어.”

“덕분에 살았어요. 그런데, 저기…….”

말을 얼버무리는 록시를 보고 지금이 어떤 상황인지 눈치챈 나는 얼굴이 뜨거워지는 것을 느꼈다.

그녀의 몸에 포개듯이 밀착해 있었기 때문이다. 체온과 심장 고동 소리까지 전해질 것 같을 정도로 가까웠다.

“앗……, 미안.”

“그런 게 아니에요. 싫진 않아요…….”

항상 딱 부러지게 말하는 그녀가 얌전한 태도를 보이니 가슴이 두근거렸다.

하지만 겹친 손을 놓을 순 없다. 그녀는 아직 운전을 할 수가 없으니 그대로 간다.

무슨 이야기를 해야 할지 알 수가 없어서 둘 다 말이 없었고, 한동안 바이크 구동음만 듣고 있었다.

문득 앞에서 가던 메밀 일행을 보니…….

에리스와 함께 눈을 흘기며 이쪽을 보고 있었다. 뭔가 엄청나게 하고 싶은 말이 있는 것 같다.

"뭔데?"

견디지 못하고 바이크를 나란히 댄 뒤 말을 걸었다.

그러자 에리스가 볼을 부풀리면서 흑총검을 내게 겨누었다!

"호오……, 일단 한 방 먹으라고. 폭식 스킬도 배가 고플 테니까."

"이봐, 잠깐만 기다려!"

"에리스 님! 해치워주세요!"

운전하고 있던 메밀까지 맞장구를 치면서 그런 말을 했다.

둘 다 진심인 것 같은 눈초리다. 큰일인데!

"록시! 도망치자!"

"네?! 어째서요?"

그녀는 운전하는 것만으로도 벅차서 신경 쓸 겨를이 없었던 모양이다. 에리스가 총구를 우리에게 겨누고 있다는 것조차 눈치채지 못한 것 같았다.

이대로 가다간……, 내가 에리스에게 총을 맞게 될 것이다. 벌써 손가락을 방아쇠에 걸치고 언제든 발포할 수 있는 것 같은 느낌이니까.

"됐으니까, 가자!"

"잠깐만요, 기다려주세요. 꺄아아아아아아악."

긴급사태다. 나는 바이크의 성능을 믿고 가속하기 시작했다. 그리고 눈앞으로 다가온 절벽을 우회하지 않고 그대로 돌진했다.

말을 탈 때는 이런 길로 가지 않는다. 그래서인지 록시가 비명을 지른 것이다.

"페이!"
"영차."
이 마도 바이크에는 자세 제어 기능이 탑재되어 있으니 말이 내려가지 못하는 급경사도 문제없이 내려갈 수 있다.
"괜찮아, 운전이 좀 힘들어질 뿐이야."
"저는 아직 초보라고요! 정말."
"미안, 미안."
나는 사과하면서 뒤쪽에 있는 추격자를 확인했다. 록시와 마찬가지로 초보운전인 메밀에게는 아직 절벽은 이르겠지……라고 생각했는데.
"쫓아오고 있어?! 너무 능숙하잖아."
"페이트 님! 놓치지 않을 거예요."
"준비는 됐어?"
에리스는 씨익 웃으며 내게 총구를 겨누고 있다. 쏠 셈이다.
큰일인데! 나는 핸들을 놓고 흑검을 뽑아 들었다.
그 순간, 록시 혼자서는 바이크를 조작해서 절벽을 내려가지 못하게 되었기에 비명 같은 목소리가 들렸다.
"페이! 못해, 못해요."
"뒤쪽에서 에리스가 노리고 있어."
"말도 안 돼요?!"
"정말이야, 봐."
"어어어어어어? 에리스 님! 어째서?!"
록시의 목소리가 들린 것과 동시에 발포! 완전히 진심인데!
이미 예측하고 있었던 나는 흑검으로 튕겨 내 막았다.

그 모습을 본 에리스는 만족스럽게 웃으며 말했다.

“꽤 하잖아. 그럼 팍팍 간다.”

“그만하라고.”

“그럴 순 없지. 우리는 이미……, 인내심의 한계가 왔거든.”

“맞아요, 맞아. 페이트 님……, 각오하세요.”

메밀, 너까지?

나는 아직 그녀의 주인이기도 할 텐데. 이건 반란이라고.

“록시, 할 수 있겠어?”

“네, 네. 역시 안 될 것 같아요! 페이!”

“왔다! 조금만 힘내!”

에리스가 아랑곳하지 않고 연달아 발포했다.

“젠장! 너무 심하잖아. 이 총기난사범 같으니!”

“아하하, 그건 내게 칭찬이거든. 그럼 마구 쏴버릴 거야.”

“그만둬!!”

“고~, 고~, 에리스 님!”

“메밀도 적당히 좀 하라고.”

“이렇게 된 원인을 가슴에 손을 얹고 생각해보셔야죠. 물론 에리스 님께 총을 맞은 뒤에요.”

“이봐.”

내 말을 전혀 들어주지 않는다. 에리스는 내게 탄환을 마구 쏴대고, 메밀은 능숙하게 운전하면서 쫓아오고 있고. 이쪽에서는 그걸 막는 것만으로도 벅차다. 그리드가 웃으면서 말했다.

『인기가 많군그래. 부러운데.』

“진심으로 그렇게 말하는 거야? 뒤쪽을 보라고. 에리스가 쏘고 있단 말이야. 죽을 수도 있어."
『사랑이 무거운 여자니까.』
"……방아쇠는 너무 가볍잖아."
『하하하하하.』
"웃을 상황이냐고!"
그리고 여전히 절벽을 내려가고 있는 록시도 운전하기 힘들어진 모양이었다.
"페이! 페이! 이제 한계예요. 넘어질 거예요."
"자세 제어 기능이 있으니까 그럴 리는 없어."
"그래도……."
"이렇게 된 이상."
흑검을 칼집에 넣고 다시 내 손을 록시 손과 겹쳤다.
"단숨에 도망치자. 록시도 마력을 담아줘."
"네!"
둘이서 동시에 마도 바이크에 마력을 보내 성능을 한계까지 끌어내기 시작했다. 새까만 바이크의 틈새로 푸르스름한 빛이 새어나왔다.
뒤에서 운전하는 사람은 메밀이다. 마력은 우리 쪽이 더 위다.
아마 에리스가 도와서 쫓아온다 해도 우리는 이미 지평선 건너편에 있을 것이다.
절벽을 눈 깜짝할 새에 내려와 그 아래에 펼쳐져 있는 평야를 달려갔다.
"이거 빠른데!"
"탈것 같지가 않네요."

속도가 너무 빠른 나머지 흙먼지를 피우며 폭주할 정도였다.
뒤쪽에 있던 메밀과 에리스는 눈 깜짝할 새에 점이 되어버렸다. 그리고 보이지 않게 되었다.
"휴우~, 야만인들은 따돌린 모양이군."
"네, 그런 모양이네요. 하지만 에리스 님과 메밀을 그런 식으로 부르는 건 바람직하지 않아요."
"그래도 흑총검으로 쏴댔는데."
"그렇긴……, 하지만요. 그래도 역시 안 돼요. 페이를 따라와 준 사람들이라고요."
"알았어. 그럼 여기서 기다릴까?"
"아뇨, 이 앞에 있는 구 란체스터 영지까지 갈 예정이에요. 거기서 합류하는 게 나을 것 같네요."
록시는 나를 돌아보면서 살짝 혀를 내밀었다.
성실한 것 같지만 의외로 할 때는 하는 사람이다. 하트 가문에서 하인으로 일할 무렵에도 그런 그녀의 일면을 알고 있었다. 마을 소녀 같은 옷을 입고 몰래 저택을 빠져나가기도 했었다.
아무렇지도 않게 말하는 그녀를 보고 나도 모르게 웃어버렸다.
"정말, 왜 그렇게 웃는 거예요?"
"록시는 록시라고 생각했을 뿐이야."
"그, 그게 무슨 소린데요?!"
"딱히 안 좋은 의미는 아니야. 안심했을 뿐이라고."
"음~, 그럼 됐어요."
쉽사리 납득한 록시는 운전에 익숙해지기 위해 집중했다.
보아하니 그렇게 스파르타식으로 절벽을 내려온 보람이 있는지 처음 탔을 때와는 비교도 안 될 정도로 능숙해진 것 같은 느낌이다.

이 정도면 핸들에서 손을 떼도 될 것 같다.

하지만 그러려고 하니 록시가 그대로 잡고 있으라고 했다.

"구 란체스터 영지까지는 괜찮잖아요."

"그렇다면야."

한동안 둘이서 흘러가는 초원을 보며 운전했다. 아직 뒤에서 에리스와 메밀이 쫓아오는 것 같진 않다. 꽤 많이 따돌린 모양이었다.

뒤쪽 상황을 보고 있자니 록시가 살짝 웃으며 말했다.

"함께 오길 잘했어요."

"응?"

"갑자기 이런 말을 해서 죄송해요. 그래도 오길 잘했어요. 페이와 함께 여행을 할 수 있어서 기쁘거든요. 그리고……."

그녀는 계속 앞을 보면서 이야기했다.

"이제 저만 따돌림당하는 건 싫어요. 페이와 다른 사람들이 싸우고 있는데 안전한 왕도에서 기다릴 순 없죠. 기다리기만 하는 건 싫다고요."

"록시……."

"페이와 비교하면 전 약해요. 가리아에서 천룡으로부터 구해주었을 때는 기쁘기도 했고, 고맙기도 했어요. 하지만 그만큼 페이와 거리가 멀게 느껴져 버렸거든요. 지금 제게는 천룡과 맞설 힘조차 없어요."

마도 바이크의 속도가 더욱 빨라지기 시작했다. 록시가 좀 전보다 더 많은 마력을 불어넣었기 때문일 것이다.

"그래도 그런 생각만 하다가는 왕도를 나설 수가 없죠. 모처럼 페이를 보내주기 위한 파티에서 그런 모습을 보여서 죄송해요."

"괜찮아. 록시가 고민하고 있다는 걸 알면서도 아무것도 해주지 못했으니까……."

"페이를 따라갈 수 있을까라니……, 제가 스스로 해결해야 할 문제였으니까요."

"나는……."

"그렇죠. 저는 기뻤어요. 약한 저를 미소로 맞이해준 페이를 보고."

나는 핸들에서 한쪽 손을 떼어낸 다음 그녀의 어깨에 얹었다.

"약하지 않아. 나는 록시에게 몇 번이고 구원받았으니까. 고마워해야 할 건 나지. 록시가 와줘서 정말 든든해. 그리고……."

"그리고?"

"나도 록시와 함께 여행을 할 수 있어서 기쁘거든."

"페이……."

그녀는 고개를 기울여서 어깨에 얹고 있던 내 손에 볼을 가져다 댔다. 따스한 온기가 느껴졌다.

계속 그렇게 있고 싶은 기분이었지만, 지평선 너머로 구 란체스터 영지의 높은 벽이 보이기 시작했다.

제9화 구 란체스터 영지

우리는 바이크를 타고 가다가 높은 벽이 근처까지 다가오자 멈춰 섰다.

록시가 올려다보며 말했다.

"이곳을 다스리던 성기사는 어떤 사건 때문에 돌아가셨다고 했죠."

"그래……."

그 사건의 관계자인 나는 떨떠름하게 대답했다.

영주였던 루돌프 란체스터는 옥좌 앞에서 내게 집요하게 시비를 걸었다. 게다가 성검을 뽑아들고 여왕님(에리스) 앞에서 싸움을 걸 정도로 어리석은 자였다.

결국에는 에리스의 측근인 백기사들에게 처벌당했다.

"영지 주민들에게 심한 계급 제도를 적용해서 말이지. 에리스가 란체스터 가문을 몰수했거든. 지금은 임시로 다른 성기사를 왕도에서 파견해서 다스리게 한 모양이던데……."

"그렇죠. 에리스 님께서 잘 되어가고 있는지 시찰하고 싶다고 하셨으니까요."

정작 에리스는 아직 메밀이 운전하는 바이크를 타고 이쪽으로 오는 도중일 것이다.

정말 빠른 속도로 따돌려버렸으니까.

"그건 그렇고 조용한데. 행상인들이 오가는 느낌도 없고."

"이 느낌은 왕도에서 느꼈던 것과 비슷하네요."

"그러고 보니……, 비슷한 것 같기도 하네."

행상인들은 위험에 매우 민감하다. 돈을 버는 걸 무엇보다 좋아하긴 하지만, 그보다 자신의 목숨을 더 소중하게 여긴다.

당연한 이야기지만, 아무리 돈을 많이 가지고 있다 해도 죽어버리면 끝장이기 때문이다.

"무슨 일이 있었나?"

"음……, 안으로 들어가서 파견된 성기사에게 이야기를 들어봐야 할 것 같은데요……. 그래도."

"이야기를 꺼낸 에리스를 기다려야겠지."

"네."

에리스는 색기만 흩뿌리고 다니는 것 같지만, 그래도 왕국을 다스리는 여왕님이니까.

나와 록시는 그녀의 가신이기도 하니 일단 체면을 세워주어야만 한다.

그나마 나는 같은 대죄 스킬 보유자라서 예의를 차리지 않아도 되는 거나 마찬가지다.

하지만 록시는 그럴 수 없다.

아무리 에리스가 그럴 필요 없다고 해도, 록시의 성실한 성격 때문에 어떠한 상황이라 해도 경의를 표할 것이다.

"에리스가 늦는데. 먼저 안으로 들어가자."

"안 돼요. 저런 사람이라 해도 여왕님이시니까요."

"저런 사람이라 해도?!"

"음……, 말실수를 했네요. 에리스 님께는 말하지 말아주세요."

"어떻게 할까~."

"정말, 페이!"

급하게 말실수를 취소하려는 록시.

보아하니 마음속으로는 에리스의 종잡을 수 없는 성격 때문에 곤란해하고 있는 것 같다.

왕도의 성에서, 에리스 밑에서 일을 했을 때는 꽤 많이 휘둘렸던 모양이고.

"듣고 있나요? 페이!"

일을 열심히 하는 록시는 힘들겠구나, 그렇게 생각하고 있자니 그녀가 나를 빤히 바라보고 있었다.

매우 불만스러운 표정을 짓고 있는데, 그것도 나름대로 귀여우니까 문제없다.

"페이!"

"아야야야……, 듣고 있다니까."

대답하는 걸 깜빡했더니 귀를 잡아당겼다. 이럴 때 그녀는 봐주질 않는다.

따끔거리는 귀를 문지르면서 둘이서 구 란체스터 영지를 둘러싸고 있는 높은 벽을 올려다보았다.

참고로 록시는 아직 안으로 들어가본 적이 없다고 한다.

저번에 나와 함께 왔던 마인이 전 영주인 루돌프를 두들겨 팬 게 원인인 모양이었다. 그 때문에 한동안 무인의 출입을 엄중하게 관리하게 되었다고 한다.

게다가 하트 가문은 란체스터 가문과 별로 사이가 좋지 않았다.

그런 이유도 있어서 가리아 원정 시에 협력을 요청하자 약간의 물자만 제공했을 뿐, 벽 안으로 들어오는 걸 금지해버렸다.

"그때는 정말 심했다니까요."

"원인 중 일부를 만들어버렸으니 사과할게. ……미안. 마인에게도 말해둬야겠네."

"페이와 마인 씨가 잘못한 건 아니에요. 애초에 루돌프의 방식은 문제투성이였으니까요. 분명 페이와 마인 씨에게 시비를 걸었겠죠?"

"그래, 비슷하네."

분명……, 그때는 루돌프가 마인을 어린애 취급했었지.

그것까지는 상관없지만, 그녀가 매우 신경 쓰는 신체적 특징(가슴이 작은 것)을 놀려댔다. 그게 결정적이었다.

그는 마인의 흑부로 인해 하늘 높이 날아가 버렸다.

나도 옆에 있다가 입을 떡 벌리고 놀랐던 걸 기억하고 있다.

정신을 차린 다음 마인의 손을 잡고 그곳에서 도망치는 것도 힘들었다.

"한숨을 쉬는 걸 보니 힘들었나 보네요."

"마인은 누가 시비를 걸면 반드시 받아주는 성격이니까. 이곳뿐만이 아니라 여러 군데에서 소동에 휘말렸거든……."

"그런 이야기를 듣고 있다 보니 정말 화를 잘 내는 사람 같네요."

"당연하지, 뭐니 뭐니 해도 분노 스킬 보유자니까. 그런데 나는 분노 스킬의 힘에 대해서는 잘 몰라."

"네?! 그런가요?"

록시는 뜻밖이라는 듯이 내 얼굴을 들여다보았다.

그런 표정을 지어도 곤란하기만 한데.

"뭐라고 해야 하나……, 다들 자신의 능력이나 과거 이야기를 하지 않는 사람들밖에 없어서."

"흐음~. 특별한 스킬이니 이야기하기가 껄끄럽겠죠. 과거는……, 누구든지 이야기하기 힘든 법이고요. 괴로운 과거라면 특히 더……."

"그렇긴 하지."

하지만 그렇게 말한 나는 어젯밤에 정신세계에서 루나에게 마인에 대해 여러 가지 이야기를 들었다.

그녀도 록시와 비슷한 말을 했다.

마인은 오랜 세월을 살아와서 그런지 특히 고집이 세니까 내가 가르쳐줄게, 이런 느낌이었다.

"다음에 마인을 만나면 가르쳐 달라고 해볼게."

"네! 그러면 되는 거죠! 착하다, 착해."

록시는 방긋방긋 웃으면서 내 머리를 쓰다듬기 시작했다.

"왠지……, 어린애 취급당하고 있는 것 같은데."

"흐흥~! 이래 봬도 제가 누나니까요."

"한 살 차이밖에 안 나는데."

"그래도 말이죠."

매우 의기양양하게 말하는 록시. 손이 많이 가는 남동생이라고 생각하는 건가?

이야기를 자세히 들어보려 했는데, 뒤쪽에서 마도 바이크의 구동음이 들리기 시작했다.

보아하니 나보다 훨씬 연상인 에리스와 한 살 연하인 메밀이 도착한 모양이었다.

"페이트 님! 내버려 두고 가지 말아주세요!"
"맞아! 맞아! 그렇게 빠르게 가니까 메밀이 마력 고갈 직전까지 몰렸잖아."
둘이서 먼저 갔다고 화를 내고 있다.
"그야 당연하지! 내 쪽으로 총알이 여러 발 날아오면 도망칠 수밖에 없잖아!"
"사랑의 총알이니까 제대로 받아줘야지."
"죽는다고!!"
그 사랑이란 게 위력이 너무 강해서 벌집이 되어버리잖아!
시원스럽게 웃고 있는 에리스. 그녀가 한 말은 딱히 농담인 것 같지도 않았다.
앞쪽 운전석에 앉아 있던 메밀까지 그런 표정을 짓고 있었다.
이거……, 내 피를 마시기 위해 찾아올 밤이 두려운데.
일촉즉발의 분위기가 흐르는 와중에 록시가 사이에 끼어든 다음 에리스 일행에게 고개를 숙였다.
"죄송합니다. 제가 운전이 서툴러서……."
"록시는 잘못한 거 없어. 잘못은 전부 페이트가 했으니까. 그렇지~? 메밀."
"네! 그 말씀이 맞아요! 에리스 님!"
왠지……, 내버려 두고 온 사이에 두 사람에게 유대감이 생긴 것 같다.
성격이 특이한 에리스와 메밀이 태그를 짜면 나는 어떻게 되어버리는 거지?
생각만 해도 무서우니까 지금은 못 본 척해야겠다.

뭐, 오늘 밤부터는 록시가 같은 방에서 함께 자준다고 하니까.

그것도 나름대로 긴장되긴 하지만, 두 사람에게서 지켜준다니 매우 안심된다.

"두 분 다 이 정도만 하죠. 모처럼 오전에 구 란체스터 영지에 도착했는데 더 이상 시간을 허비할 순 없어요."

""으……. 정론이네.""

나는 얌전해진 두 사람을 보면서 바이크를 밀어 올려다봐야 할 정도로 높은 벽에 있는 대문으로 향했다.

그 뒤에서 나와 마찬가지로 바이크를 밀고 오는 메밀, 그리고 에리스와 록시가 따라왔다.

두 사람은 록시에게 연달아 말을 걸고는 신이 났다. 내용까지 알아들을 수는 없었지만, 그럴 때마다 록시의 얼굴이 붉어졌다.

신경 쓰이긴 하지만 서둘러 가기로 했다.

대문은 병사들이 경비하고 있었고, 말을 건 다음 성기사의 문장과 바이크에 그려져 있는 왕국의 문장을 보여주었다. 병사들은 바로 공손하게 들여보내 주었다.

병사들도 이미 여왕인 에리스가 시찰 나온다는 이야기를 들은 모양이었다.

"기다리고 있었습니다. 바로 영주인 리슈아 님을 불러오겠습니다!"

"그래."

"이게 마도 바이크인가요……. 이야기는 이미 들었습니다. 이쪽에 세우시죠."

한 병사가 휘파람을 분 다음 안에 있던 병사들을 불렀다. 그리고 바이크를 세울 곳으로 안내해주기로 했다.

그건 그렇고, 병사들이 많은데. 그들에게서 팽팽한 긴장감이 느껴진다. 마치 뭔가를 경계하면서 수비태세를 취하고 있는 것 같다.

일단 록시와 에리스는 이곳에서 기다리게 할 생각이다.

바이크를 밀고 가면서 느낀 거리의 분위기는 조용했다. 주민들은 거의 보이지 않았다. 그 대신 서둘러 오가는 병사들만 마주칠 뿐이었다.

메밀과 내가 바이크를 가져다 두고 돌아오자 새로운 영주가 나타났다.

숨을 헐떡이고 있었고, 단발머리 모양이 조금 흐트러져 있었다.

동안이라 그런지 왠지 믿음직스럽지 않은 여자였다.

"마중을 나가지 못해 죄송합니다! 새로 이 지역을 관리하게 된 리슈아 베리사리오입니다. 기척을 느끼고 여러분께서 이쪽으로 오신다는 건 알고 있었습니다만……."

풀죽은 채 대놓고 곤란하다는 표정을 짓는 리슈아. 대충 자기소개를 마친 다음 참다못해 말을 걸었다.

"왜 그래? 거리 상황을 봐도 무슨 일이 생긴 것 같은데."

평소에는 상인들이 오가는 대문. 이곳에는 병사들과 우리, 그리고 리슈아밖에 없다.

이렇게 한산한 느낌은 보통 일이 아니다.

"그게……, 도시 동쪽에 있는 사막에 나타난 마물 때문에……."

"마물?! 샌드맨이 대량으로 발생했나?"

"아뇨."

"혹시 샌드 골렘이 또?"

"아닙니다. 그 정도 마물이라면 저 혼자서도 쓰러뜨릴 수 있죠. 이래 봬도 성기사니까요."

샌드 골렘은 전 영주가 골치 아파하던 마물이다.

약삭빨라서 쓰러질 것 같으면 모래 속으로 도망쳐버리는 습성이 있다.

그 마물이 다시 나타나서 나쁜 짓을 저지르나 싶었는데, 예상이 빗나가버렸다.

리슈아의 외모가 믿음직스럽지 않은 느낌이라서 그녀의 능력을 얕잡아보고 있었던 것 같다.

'쓰러뜨릴 수 있습니다'라고 딱 잘라 말하는 말투에는 자신감이 드러났다.

"미안. 그럼 어떤 마물이?"

"커다란 집게발이 달려 있고, 사막을 믿기지 않을 정도로 빠르게 돌아다니고 있습니다. 게다가 몸이 매우 단단해서 성검의 칼날이 전혀 통하지 않아요. 뭔가 약점이 없는지 계속 조사해보고 있었습니다만……, 어떤 문헌에도 나와 있지 않은 마물인 모양이라서요."

"그렇군……."

고대에 멸종된 마물일지도 모르겠다.

문헌에도 나오지 않는다는 걸 보니 그 땅으로 통하는 문의 영향으로 되살아나 버렸다고 생각하는 게 나을 것 같다.

록시 일행을 돌아보니 나와 같은 생각을 하고 있는 것 같았다.

"알았어. 그 마물은 우리가 맡도록 하지. 너는 이 영지를 맡은

지 얼마 안 되었으니까 힘들 테고."

"정말로요?!"

"그래, 우리에게 맡겨!"

"으아아아, 감사합니다. 계속 불안했거든요."

내 손을 잡고 마구 흔드는 리슈아. 곧바로 그 기세를 살려 끌어안을 정도였다. 정말 초조했던 모양이다.

그 땅으로 통하는 문과 관련이 있다면 도와줘야만 한다. 그렇게 생각하고 있자니 여자 일행 세 명이 왠지 차가운 눈초리로 바라보고 있었다.

메밀은 일부러 그러는 듯이 뾰족한 송곳니를 드러내고 있고, 에리스는 흑총검을 겨누려 하고 있다…….

그리고 록시까지…… 입은 웃고 있는 것 같은데……, 눈은 전혀 웃고 있지 않았다.

아직 밤도 아닌데 매우 싸늘해진 공간 안에서 그리드만 혼자 크게 웃어댔다.

『하하하하, 인기가 많은 남자는 힘들겠어.』

"그럴 생각은 없다고."

『그거다! 그거! 아론에게 검성의 칭호를 물려받았잖냐. 아마 그 칭호에 인기 효과가 딸려 있었던 거겠지.』

"그럴 리가 있나."

『글쎄다. 그래도 유쾌하군. 언젠가 뒤에서 찔리지 않게끔 조심하라고.』

아론은 영감님이 된 뒤에도 여러 여자들이 호의를 보이곤 했지.

그래도 그 원인이 검성의 칭호는 아닐 거다.

설마……, 아니겠지. 리슈아는 그런 내 손을 잡고 저택으로 안내해 주었다.

"자, 이쪽으로 오세요! 페이트 님!"

"그렇게 잡아당길 필요는 없잖아."

"역시 믿음직한 남자분이 있어주시니 좋네요."

반쯤 억지로 끌려가 버렸다.

뭐, 마물 이야기를 좀 자세히 듣고 싶으니까 느긋하게 있을 수 있는 저택 안이 제일 좋을 것 같다.

기운을 차린 리슈아를 보면서 문득 뒤쪽을 보니…….

"페이……."

"또 총 맞고 싶은 거야? 페이트."

"페이트 님, 오늘 밤도 각오하세요."

히이이익?! 잘못 본 건지도 모르겠지만, 세 사람 뒤에 까만 오라 같은 게 피어오르고 있었다.

나는 더 이상 뒤쪽을 보지 않고 안내해주는 리슈아에게 몸을 맡겼다.

제10화 성기사 리슈아

리슈아를 따라 거리 부지 안으로 들어갔다.

저번에 왔을 때는 이 안이 아니라 떨어진 곳에 딸려 있는 숙박 시설에 머물렀다.

그 이유는 전 영주인 루돌프 란체스터가 엄격한 신분제도를 시행했기 때문이다. 영지의 주민만 안으로 들어갈 수 있었고, 외부인은 결코 들어갈 수가 없었다.

예전에 이 도시는 루돌프가 정한 규칙에 따라 운영되고 있었다.

하지만 지금은 전혀 다르다. 거리에 은근히 풍기던 음침한 분위기도 희미해졌다. 지나가는 사람들의 표정은 어딘가 개방적이었다.

그런 이유 때문에 더욱 돋보이는 거겠지만…….

"역시 영지의 주민들이 불안해하고 있는데."

"네, 제 힘이 부족한 탓이죠. 아직 비축된 물자는 꽤 많이 있으니까 당분간은 문제가 없겠지만요……."

"사막의 마물 때문이라는 거지? 최근에 왕도에서도 비슷한 일이 있었으니까 나도 잘 알아."

"왕도 이야기도 정기 연락으로 들었습니다……. 이 세계는 대체 어떻게 되어버리는 걸까요."

"뭐, 우리는 그 재앙을 막기 위해 움직이고 있어."

리슈아는 내 손을 잡고 있다가 미안하다는 듯이 돌아보았다.

“제가 미숙한 탓에 페이트 님 일행을 번거롭게 해드려서…….”

“좀 전에도 말했지만, 우리를 신경 쓸 필요는 없어. 만약 재앙을 막았다 하더라도 지켜야 할 것을 잃고 난 뒤에는 의미가 없으니까. 물론 리슈아도 포함해서 이 도시에 살고 있는 사람들도 마찬가지고.”

“페이트 님…….”

나는 그렇게 말하면서 뒤에서 걸어오고 있던 록시, 에리스, 메밀을 보았다.

그녀들도 모두 고개를 끄덕이고 있었다.

“여러분……, 감사드립니다.”

그런 이야기를 하고 있자니 마침 저택이 보이기 시작했다.

그 저택은 란체스터 가문에서 쓰던 곳인데, 지금은 리슈아와 부하들의 숙소로 이용하고 있다.

꽤 큰 저택이다. 나도 모르게 성으로 착각할 정도였다.

“제게는 분에 넘치는 저택이에요. 자, 안으로 들어가시죠.”

리슈아를 따라 안으로 들어갔다. 안내받은 곳은 커다란 응접실이었다.

음료수와 가볍게 먹을 만한 음식이 각자 자리 앞에 놓였다. 메이드들이 미리 준비해 놓은 거겠지.

고맙다는 인사를 하고 있자니 리슈아가 웃어버렸다.

“페이트 님께서도 성기사이시잖아요. 그것도 5대 명가 중 하나인 바르바토스 가문의 당주요. 겸손한 분이시네요.”

“나는 아론의 양자니까, 원래는 평민이었거든. 그리고 이런 건 록시가 나보다 훨씬 잘 알아.”

왼쪽 옆에 앉아 있던 록시를 보았다.

"아뇨, 그 정도는 아니에요."

"그런가? 나는 평민이었던 때부터 차별하지 않고 대해주는 록시를 동경했는데."

"페이, 이런 곳에서 갑자기 그런 말을……."

얼굴을 붉히면서 내 어깨를 툭툭 때리기 시작한 록시.

기분 좋은 느낌이라 그냥 내버려 두고 있자니 오른쪽 옆에 있던 에리스가 팔꿈치를 날렸다.

"끄억?! 무슨 짓을 하는 거야!"

"또~, 시작하니까 그렇지. 그런 건 아무도 없는 곳에서 해줬으면 하거든. 지금은 중요한 이야기를 하려던 참인데, 정말 모르겠어~? 둘 다."

""죄송합니다.""

"에리스 님께서 하신 말씀이 맞아요! 요즘 페이트 님과 록시 님은 제가 보기에도 너무 지나치다고요!"

메밀이 그런 말을 하니 할 말이 없다.

나는 그런 짓을 했다는 생각이 없어서 곤란했다. 그건 록시도 마찬가지인지 우리 둘 다 껄그러운 표정을 짓고 있었다.

일단 우리가 할 수 있는 거라곤 이것뿐이다.

""죄송합니다.""

"아시면 됐어요!"

일부러 마구 화를 내는 메밀. 옆에 앉아 있던 에리스는 거만하게 고개를 끄덕이고 있었다.

이 두 사람은……, 까불게 내버려 두면 큰일이 벌어진다! 록시와 얼굴을 마주 보며 한숨을 쉬고 있자니 리슈아의 웃음소리가 들렸다.

"후후후훗, 죄송합니다."

"아니, 괜찮아. 항상 이런 느낌이니까."

"그런가요……, 그래도 다행이네요."

"왜?"

그녀는 표정을 다잡고 우리를 바라보았다.

"에리스 님께서는……, 더 무서우신 분일 거라 생각했어요. 이 왕국의 여왕님이시기도 하니……."

"아니, 나는 자상해. 평화주의자라고."

정말?! 여기로 오면서 내게 총을 빵빵 쏴댔는데.

에리스의 아무렇지도 않은 듯한 표정을 보면서 의심하고 있자니 의자 아래에서 발을 밟혀버렸다.

"아얏!"

"왜 그러시죠? 페이트 님."

"괜찮아, 괜찮아. 신경 쓰지 마. 자, 계속 말해."

"네, 네!"

역시 에리스와 이야기하려니 긴장이 되는 모양이다. 리슈아는 우물쭈물거리면서도 에리스를 칭찬하고 있었다.

그러자 그녀는 바로 기분이 좋아졌다.

참 쉬운 사람이다. 그렇게 생각하고 있었더니 또 발을 밟혀버렸다.

설마……, 에리스는 독심 스킬을 가지고 있는 건가? 그런 의심이 들 정도였다.

"록시 님께서는 이야기로 들었던 대로네요. 성에서 한 번 만나뵌 적이 있어요."

"어머, 그런가요?"

"네……, 창피하게도 성기사가 막 되었을 무렵에 성에서 길을 잃어버려서요……. 저기……."

"아아앗, 그때 그?! 못 알아봤네요."

"길을 가르쳐주셔서 감사했습니다. 창피해서 도망치듯이 떠나버려서 죄송합니다."

"괜찮아요. 그 아이가……, 이렇게 많이 컸다니……."

록시가 그렇게 말하면서 리슈아의 가슴 근처를 빤히 바라보는 게 신경 쓰였다.

응?! 왜 그러는 거지?

록시는 내 시선을 눈치챘는지 곧바로 다른 방향을 보면서 얼굴을 붉히고 있었다.

이거……, 혹시. 아니, 따지진 말자.

아무리 둔한 나라도 어떤 의미인지는 알 수 있었다. 아이샤 님의 피를 이어받은 그녀라면 괜찮을 테고.

그래, 그래. 혼자서 납득하고 있자니 록시가 옆구리를 꼬집었다.

"아얏! 록시?"

"으으~!"

엄청나게 노려보고 있네?!

"페이, 나중에 할 이야기가 있어요. 알겠죠?"

"네, 네……."

나중에 대체 무슨 말을 듣게 되는 걸까. 항상 자상하게 웃는 록시만 알고 있었기 때문에 이렇게 중요한 자리에 있는데도 두근거리기 시작했다.

그렇게 이야기를 나누고 있는데 리슈아가 또 웃었다.

"두 분께서는 정말 사이가 좋으시네요."

""아하하.""

나와 록시는 서로 마주 보면서 웃을 수밖에 없었다.

반성하고 있자니 리슈아가 나를 바라보며 확인했다.

"페이트 님께 한 가지 여쭈어봐도 될까요?"

"상관없긴 한데, 뭘?"

"혼자서 천룡을 쓰러뜨리셨다는 게 사실인가요?"

"음~, 그래. 절반은 맞고 절반은 아니라고 해야 하나?"

"그게 무슨 뜻이죠?"

리슈아가 고개를 갸웃거리면서 물어보았다.

나는 그녀에게 대답하려는 듯이 흑검을 테이블 위에 올려놓고 말했다.

"내 힘만으로 쓰러뜨린 게 아니야. 이 무기, 그리드의 힘을 빌리지 않았다면 쓰러뜨리지 못했을 테니까. 그리고 천룡을 쓰러뜨린 뒤에도 여러 가지 사정 때문에 힘들었거든. 그때는 록시가 구해줬으니까……. 그래서 당당하게 나 혼자서 천룡을 쓰러뜨렸다고 할 수는 없다고 해야 하나?"

"그런가요? 그래도 쓰러뜨린 건 페이트 님이시죠?"

"그렇긴 하지."

"후후후, 역시 겸손한 분이시네요."

"그렇게 말해주니 고맙긴 하네."

나는 별로 칭찬받은 적이 없어서 리슈아가 그렇게 말해주니 솔직히 기뻤다.

그리고 그녀는 잠깐 뜸을 들인 다음 본론에 대해 말하기 시작했다.

"여러분께 협력을 부탁드릴 동쪽 사막에 나타난 마물에 대해 설명해드릴게요. 나타난 시기는 2주 정도 전입니다. 그 마물은 매우 커다란 집게발을 휘두르고, 저희 공격을 무효화시켰어요. 아마……, 천룡과 같은 영역에 있을 겁니다. 그리고 신기하게도 그 마물이 나타난 뒤로 예전부터 있었던 샌드맨의 모습이 변했고, 흉폭해졌어요."

그녀는 매우 곤란하다는 듯한 표정을 지으며 한숨을 쉬었다.

또 E의 영역인가……. 만약 되살아난 고대의 마물이라면 그런 힘을 지니고 있다 해도 이상하진 않을 것이다.

그렇다면 쓰러뜨릴 수 있는 건 같은 영역에 있는 나나 에리스밖에 없을 것이다.

"그 마물은 언제쯤 나타나?"

"늦은 밤에요. 낮에는 계속 모래 안에 숨어 있는 모양이고, 해가 지고 사막의 기온이 떨어지면 모습을 드러내죠. 꽤 거대해서 이 도시에서도 확인할 수가 있을 정도고요."

"시간은 아직 있구나."

응접실 창문으로 밖을 내다보니 해가 저물기 시작하고 있었다.

심야까지는 준비할 시간이 넉넉하다.

에리스도 나와 마찬가지로 바깥을 보며 말했다.

"그럼 나는 한숨 자도록 할게. 싸우기 전에 휴식하는 건 중요하니까.”
“마인과 비슷한 말을 하는구나.”
“그렇지. 이건 싸움의 기본이니까. 페이트도 쉬는 게 어때?”
“나는 거리를 산책하면서 기분을 전환하는 게 나을 것 같은데.”
“뭐, 방식은 사람마다 다르니까. 그럼 시간이 되면 불러줘. 메밀도 갈까?”
“네.”
메밀은 이번 토벌에 참가하지 않을 것이다.
성기사로서의 자격을 박탈당한 그녀는 명목상, 싸우는 것이 금지되어 있다.
성검을 들 수 있는 건 주인인 내가 위기에 처했을 때 정도일 것이다.
왕도에 나타난 고대의 마물, 고블린 샤먼과 싸울 때 내가 궁지에 몰리자 그녀는 규칙을 어기면서까지 도와주었다. 하지만 크건 작건 벌을 받게 된 메밀은 백기사들에게 혼쭐이 난 모양이었다.
그때는 그걸로 끝났지만, 앞으로도 자주 성기사로서의 힘을 쓰면 그렇게 끝나지 않게 될 것이다. 나도 메밀이 힘을 쓰는 건 그때가 처음이자 마지막이었으면 좋겠다고 생각한다.
남아 있던 나는 마찬가지로 이곳에 있는 록시를 보았다.
“어떻게 할래? 같이 거리를 보러 갈까?”
“아뇨, 중요한 싸움을 앞두고 있으니 한동안 혼자 있게 해주세요.”
“알았어.”
록시가 E의 영역의 싸움에 도전하려 하고 있다.

나는 그렇게 발을 내디디려 하는 그녀를 막을 수가 없었기에 조용히 그 자리를 떠날 수밖에 없었다.

응접실을 나가려던 참에 리슈아에게만 들리게끔 말을 걸었다.

"록시를 부탁해도 될까?"

"네, 네. 믿음직스럽지 못할지도 모르겠지만……, 열심히 하겠습니다!"

록시는 말했다. 이 싸움에서 스테이터스가 낮은 자신이 발목을 잡아버릴지도 모른다고.

나는 그렇게 생각하지 않지만……. 폭식 스킬의 진정한 힘을 일깨우지 못했던 무렵의 내가 떠올랐다.

내 스테이터스는 너무나도 낮았고, 성기사인 록시는 구름 위에 있는 사람이었다. 아무리 노력해도 결코 따라잡지 못하는 차이가 느껴졌다.

지금 록시는 그 무렵의 나와 비슷한 마음을 품고 있을지도 모른다.

그렇다면 그 원인인 내가 이것저것 따지면서 그녀를 더 몰아붙일 수는 없다. 이번에는 같은 성기사인 리슈아에게 지켜봐 달라고 하는 편이 낫다고 생각했다.

"고마워, 리슈아."

나는 저택을 나선 다음 밤의 조명이 켜져 있는 거리 쪽으로 걸어가기 시작했다.

그런 내게 그리드가 《독심》 스킬을 통해 말을 걸었다.

『너는 록시가 그렇게 말해도 곁에 있을 줄 알았다만.』

"그럴 순 없지. 록시는 심지가 굳은 사람이니까……. 그리고 혼자 있고 싶다고 하니 억지로 강요할 순 없잖아."

『그래도 걱정이 되니까 리슈아라는 젊은 아가씨에게 부탁한 거로군.』

"뭐……, 그런 거라고 해야 하나."

그리드와는 오랫동안 함께 지냈다. 나를 잘 알고 있는 것 같다.

"나는 싸움을 벌이기 전까지 거리를 산책할 거야. 맛있는 요리를 파는 노점 같은 곳은 없나? 저번에 왔을 때는 안으로 들어오지 못했으니까 꽤 기대되는데."

『희망에 가득 차 있는 모양인데, 잊고 있는 거 아니냐?』

"뭘?"

『지금 너희가 쓰러뜨리려 하는 마물 때문에 도시로 물자가 제대로 들어오지 못하고 있다는 것 말이다.』

"앗……, 아아아아아."

『아직 멀었군. 아직 네게는 이 몸이 필요한 것 같다.』

"잠깐 잊었을 뿐이라고."

『그래, 그래.』

"이봐, 내 말 좀 들어!"

정말……, 그리드 씨는 여전하시네.

이제 와서 록시를 걱정한다면 데리고 온 의미가 없다.

내가 할 수 있는 건 사막의 마물과 싸우면서 록시가 무언가를 얻는 계기를 만들 수 있게끔 협력하는 것뿐이다.

하지만……, 그녀가 E의 영역에 발을 내디디는 것을 말리고 싶다는 생각도 있다.

그리드는 말했다. 거기부터는 인간을 벗어난 영역이라고.

그래서일까. 나와 록시 사이에 아론과 맺었던 것 같은 유대가 생기지 않는 건…….

제11화 달밤의 재회

역시 밤의 거리는 조용했다.

전 영주 때문에 외부인이 거리 안으로 들어오지 못했던 적도 있었지만……, 지금은 해방되었을 텐데도 지금 내가 걸어가는 거리의 상황은 바람직하다고 할 수 없었다.

그나마 리슈아를 따라 저택으로 가던 때는 영지의 주민들이 오가곤 했다.

밤이 깊어갈수록 사람들은 집에 틀어박혀서 나오지 않는다는 느낌이었다.

당연한 거겠지만, 고대의 마물에게 겁을 먹었기 때문일 것이다.

예를 들자면 가리아의 천룡과 같은 상황이다.

E의 영역일 것 같다는 그 마물은 쓰러뜨릴 수가 없다.

같은 영역에 도달한 자만 맞설 수 있기 때문이다.

그렇지 못한 자는 천룡이 날뛴다 해도 도망치거나 숨어서 몸을 웅크리고 있을 수밖에 없다.

이 도시에는 곧 천룡에게 습격당할 듯한, 겁을 먹은 분위기가 가득 차 있는 것 같았다.

"노점은 아무리 찾아봐도 없네……."

『이 도시에서 가장 큰길에 없는 걸 보니 이제 알았겠지?』

"아~, 사막도시 명물 요리를 기대했는데 말이지."

『리슈아에게 부탁해보는 게 어떠냐?』

“그건 안 돼. 리슈아는 고대의 마물만으로도 벅찬 모양이었고, 록시도 부탁해버렸으니까. 그런 상황에서 명물 요리를 먹게 해달라는 소릴 할 순 없지.”

『상관없잖아, 고대의 마물과 싸워주는데. 먹게 해달라고 따져야지.』

“나는 너처럼 탐욕스럽지 않다고.”

흑검 그리드를 툭툭 두들겨서 사악한 마음을 가라앉혀줬다.

조용한 큰길을 걸어가다 보니 왠지 모르겠지만……, 오른쪽 좁은 길이 신경 쓰였다.

들여다보니 안쪽이 어둑어둑해서 어떤 상황인지는 보이지 않았다.

『왜 그러냐? 페이트.』

“아니……, 그냥.”

매우 신경 쓰이는 게 있다.

뚜렷한 이유 같은 건 없다. 하지만 나는 지금 여기에 발을 내디뎌야만 한다는 정체를 알 수 없는 느낌에 사로잡혀 있다.

『그런 걸 느꼈을 때는 가지 않는 게 좋을 텐데.』

“그래도……, 그렇다 해도 갈 거야.”

오랫동안 살아온 그리드의 충고. 하지만 나는 가로등도 없고 달빛도 닿지 않는 골목으로 발을 내디뎠다.

『페이트, 암시 스킬을 쓰고 가라.』

“나도 알아. 정말 참견쟁이구나.”

『너는 만났을 때부터 손이 많이 가는 녀석이었지. 정말 곤란하다고.』

"그거 큰일이네. 하하하."

『남 일처럼 웃지 마라!』

참견쟁이 그리드가 말한 대로 《암시》 스킬을 발동시킨 다음 들어갔다.

잠시 걸어가보니 검은 옷을 입은 두 사람이 이야기를 하고 있었다. 체격과 장비를 보니 무인인 것 같은데, 척 보기에도 범상치 않은 기척이 느껴졌다. 그리고 그 사람들 주위만은 암시 스킬로 봐도 어둡기만 했다.

스킬이 통하지 않아?!

예전에도 이런 적이 있었다.

마인과 만났을 때, 감정 스킬을 써서 그녀의 스테이터스와 스킬을 알아보려 했을 때와 비슷했다.

저 두 사람이 보통 사람이 아니라는 건 그것만 봐도 분명하다.

몸을 숨긴 다음 이야기를 들으려고 귀를 기울여 보았다.

하지만 들리지 않았다. 나도 성기사로서 수상한 사람을 단속할 권한은 왕국에서 받은 상태다.

말을 걸어서 뭘 하고 있는지 확인하자. 그렇게 생각하고 다가갔다.

두 사람은 내가 움직이기 전에 눈치챈 모양이었다.

어둑어둑하고 좁은 뒷골목은 잘 들키지 않지만, 도망치기 힘든 곳이다.

내가 제대로 마음먹고 스테이터스로 밀어붙이면 힘들지 않게 잡을 수 있을 것 같다.

한 사람은 내 쪽으로 돌아선 다음 멈춰 섰고, 다른 한 사람은 내 반대 방향으로 걸어가기 시작했다.

"이봐, 멈춰!"

그 사람은 멈추라는 말도 무시하고 어둠 속으로 사라지려 하고 있었다. 참지 못해 달려가려 했지만, 나머지 한 명이 막아섰다.

"잠깐 기다려 봐라. 페이트."

귀에 익은 목소리. 정신이 번쩍 들어 그의 앞에서 멈춰선 다음 아직 확실하게 보이지 않는 얼굴을 올려다보았다.

잠시 말없이 시간만 지나갔다.

달에 걸린 구름이 흘러갔고, 눈앞에 있는 남자의 얼굴을 조금씩 비추기 시작했다.

"아버지……."

왕도 세이퍼트에 있을 때 내 앞에서 현자의 돌과 라이네를 빼앗고 사라진 뒤로는 어디에 있는지 알 수가 없었다.

설마……, 여기에서 만날 줄은 꿈에도 몰랐다.

북받치는 감정을 억누르고 뒤쪽으로 뛰어서 물러나 아버지와 어느 정도 거리를 벌렸다.

"이봐, 이봐, 왜 그러는 거야? 그렇게 물러나다니. 왜 그러지?"

"당연하잖아. 라이네는 어쨌어? 현자의 돌은? 여기서 뭘 하고 있었지?"

흑검을 칼집에서 뽑아 들면서 알고 싶었던 것들을 빠르게 말했다.

"성질이 급하군. 밤은 지금부터인데."

"아버지!"

아버지는 허공에서 흑창을 꺼내 들지 않은 채, 흑검을 한 손에 쥐고 다가서는 내게 여유를 보였다.

정말 차분한 모습이라 어린애 취급하는 것 같다는 기분이 들었다.

“뭐, 진정해라. 우선 라이네는 이쪽에서 보호하고 있으니 안심하라고.”

“보호는 무슨! 유괴한 주제에!”

“그런 형태로 데려간 건 미안하다고 생각한다. 하지만 지금은 다르지. 그녀도 납득하고 함께 행동하고 있다.”

“그게 무슨…….”

“이해가 일치했다는 거지.”

라이네가 자기 의지로 아버지와 함께 있다는 건가…….

내 표정을 보고 어느 정도 납득했을 거라 짐작한 아버지는 계속 이야기했다.

“다른 것들은 말할 수가 없겠는데. 현자의 돌도, 방금 뭘 하고 있었는지도 말이다.”

“아버지!”

내 말을 더 이상 듣지 않으려는 것 같았다.

아버지는 내가 흑검을 겨누고 있는데도 아무렇지도 않게 다가오더니 그대로 지나쳤다.

“페이트, 그렇게 말했는데도 따라와 버렸구나…….”

“내게도 해야 할 일이 있어. 왕도에서 느긋하게 있을 순 없다고.”

“그렇군……. 그로부터 5년……, 아니, 6년이 되어가는 건가…….”

내게 등을 돌린 아버지는 살며시 웃고 있었다.

돌아보지는 않았지만, 내게 중요한 이야기라고 하면서.

“사막의 마물 말인데, 너는 손대지 마라.”

“어째서?”

“나하고 좀 악연이 있는 녀석이거든. 그리고 지금 네게는 버거울 거다.”

“그렇지 않아. 나도.”

“E의 영역 말이냐? 그렇다면 알고 있을 텐데. 지금부터는 스테이터스 수치를 쌓아봤자 의미가 없다는 것, 그리고 다루는 자의 기량과 자질에 달렸다는 것을.”

“그 정도는…….”

“그렇다면 됐다. 하지만 폭식 스킬은 쓰러뜨린 대상의 혼을 먹어서 전부 자신의 것으로 만들지. 이제부터는 E의 영역에서의 전투가 펼쳐진다. 너는 상상을 초월한 고통을 맛보게 될 거야. 스킬의 간섭도 있겠지만, 제어할 수 없는 스테이터스도 신경 써라.”

내가 한 발짝 내디디며 아버지 쪽으로 다가가려 했다. 하지만 아버지는 그만큼 한 발짝 나아가서 거리를 두었다.

“페이트, 싸우고 싶다면 미리 말해두마. 네가 이제부터 싸우려 하는 건 성수라 불리는 특별한 생물이다. 성스러운 가호로 인해 아무리……, 내가 가지고 있는 대죄무기로도 정면으로 맞붙는다면 의미가 없겠지. 어때? 그래도 싸울 테냐?”

“싸울 거야. 이미 결심했으니까.”

“그래……, 그렇단 말이지. 라이네에게 들었다. 그 저주받은 가리아에서 천룡을 쓰러뜨려 버렸다면서. 그렇게 터무니없는 짓을 하는 너라면 내가 말해봤자 멈추지 않겠지……. 하지만 무리는 금물이다. 몸이 변질되어 가고 있겠지?”

"……그것도 라이네에게 들은 거야?"
"라이네는 너를 걱정하더군. 그리고 나도 걱정한다."
천천히 걸어가는 아버지.
나는 그대로 보낼 생각이 없다. 힘으로라도 막는다. 그렇게 생각하고 있자니.
"나는 아이가 아이답게 지냈으면 하는데 말이지."
"아버지!"
아버지는 허공에서 차가운 냉기를 두른 흑창을 꺼내 들었다.
하지만 여전히 등을 돌리고 있고, 겨누려는 시늉조차 하지 않는다.
"이 도시에서 우리가 온 힘을 다해 싸우면 어떻게 될지……, 잘 알고 있겠지."
"……."
"그래도 나를 막을 수 있다는 거냐?"
"…………크윽."
"착한 아이구나."
이 도시를 인질로 잡으니 어떻게 할 방법이 없었다.
왕도에서 라이네와 현자의 돌을 빼앗았을 때, 아버지는 많은 사람들을 얼렸다. 하지만 목숨까지는 빼앗지 않았다. 얼었던 사람들은 아버지가 떠난 뒤에 멀쩡하게 풀려난 것이다.
그런 사람이기 때문에 지금 여기에서 나와 전투를 벌인다 해도 다른 사람들을 휘말리게 할 것 같지는 않았다.
아마 아버지를 그냥 보내버린 건 붉게 빛나기 시작한 얼굴의 문신이……, 내 생각을 둔하게 만들 정도로 압박감을 주었기 때문일 것이다.

"자, 시간이 다 된 것 같구나. 또 보자, 페이트."

아버지는 암시 스킬로도 보이지 않는 어둠 속으로 사라져갔다.

혼자 남은 나는 한동안 그곳에서 움직이지 못하고 있었다. 조금 빨라진 심장 고동을 가라앉히기 위해 심호흡을 했다.

『설마……, 아버지였을 줄이야. 네 감이 좋은 건지 나쁜 건지 모르겠군.』

"그래, 나도 깜짝 놀랐어. 그래도 만나서 다행인 것 같아. 그리고 사막에 있는 마물이 성수라는 것도 알아냈으니까."

『성수라……, 이거 또 대단한 게…….』

"아버지가 그리드로도 성수와 맞설 수 없다고 했는데, 괜찮은 거야?"

『뭐?! 이 몸이?! ……하지만 그저 무기에 불과한 이 몸은 결국 사용자가 하기에 달렸지. 다시 말해…….』

"내가 하기에 달렸다는 뜻이야?"

『그런 뜻이다. 노력하라고. 뭐, 앞으로는 이 몸의 스페셜한 성능만으로는 넘어설 수 없는 것도 있다는 이야기지. 이번 성수와의 전투는 결말이 어떻게 굴러가든 네게 무언가를 얻을 계기가 될 거다.』

"저기 말이야, 질 생각은 없다고. 지면 이곳 영지의 주민들이 길바닥에 나앉게 되어버리니까."

『나도 안다. 만약의 상황에 대비하라는 것뿐이지. 물러날 때를 잘못 판단하면 소중한 사람마저도 잃을 수 있다. 잊지 마라, 지금은 너 혼자 싸우는 게 아니라는 걸.』

"그래……."

하늘을 올려다보니 그렇게 잔뜩 끼어 있던 구름이 어디론가 가버린 뒤였다.

동그란 달이 고개를 내밀고 어둑어둑했던 뒷골목까지 확실하게 비추고 있었다.

심야가 되려면 아직 시간이 있다. 애초에 기분을 전환하기 위해 나왔으니 이대로 조용한 거리를 조금 더 산책해야겠다.

『이런저런 일이 있었는데. 술이라도 마시고 확 털어버릴 테냐?』

"그럼 안 돼. 성수 같은 것들하고 싸워야 한다고. 알딸딸한 기분으로 쓰러뜨릴 수 있는 상대가 아니야. 그리고 그런 짓을 하면 말이지."

『뭐, 에리스가 화내고 록시에게 혼나겠지. 그리고 메밀에게 피를 빨릴 테고. 하하하.』

"웃을 일이 아니라고!"

긴장감이라는 게 전혀 없는 거냐고. 그래도 그리드는 무기니까 어쩔 수 없나.

결국엔 사용자인 내게 달린 거니까.

제12화 멸망의 사막

아버지와 만나서 뒤숭숭해진 마음을 가라앉히기 위해 조용한 거리를 계속 걸었다.

정신을 차리고 보니 달이 하늘 높게 떠 있었고, 사막의 마물을 토벌하러 갈 시간이 다 되었다.

『슬슬 돌아가는 게 좋겠군.』

"그래."

저택으로 돌아오자 이미 준비를 마친 두 사람이 기다리고 있었다.

에리스는 흑총검을 들고 조금 늦게 온 내게 불만스럽게 말했다.

"늦게 오다니, 대단하시네."

"미안해……, 이런저런 일이 있어서."

"흐음~, 내가 납득할 만한 이유일까?"

에리스와 록시……, 그리고 뒤에서 기다리던 메밀과 리슈아를 보니 약간 망설여졌다.

이건 우리 부자간의 문제이기도 하기 때문이다.

하지만 록시의 올곧은 눈동자를 바라보고 있자니 말하지 않을 수도 없었다.

"아버지를 만났어."

"어?!"

에리스는 매우 뜻밖이라는 듯이 놀랐다.

그리고 록시도 입에 손을 대고 놀라며 나를 걱정스러운 눈초리로 바라보았다.

"괜찮아? 싸움을 벌이진 않았어?"

"그러진 않았어. 만약 그랬다면 거리가 지금쯤 난리였겠지."

"그렇지. 그럼 이야기라도 한 거야?"

"그래. 아버지가 준 정보야. 믿을 수 있을지 어떨지는 모르겠지만. 우선 라이네는 무사하대. 지금은 아버지와 함께 행동하고 있는 것 같아."

그 말을 들은 록시와 메밀이 안심했다.

록시는 나와 몸이 바뀌었을 때 신세를 졌고, 메밀은 피를 원하게 되어버린 몸을 진찰받곤 했다.

그녀들은 라이네와 자주 교류하던 사이였던 것이다.

계속 걱정하고 있었기에 무사하다는 말을 듣고 둘이서 안심하고 있었다.

"라이네 씨……, 다행이야……."

"네."

나는 그 목소리를 들으며 계속 이야기했다.

"또 하나, 사막의 마물에 대한 정보야. 아버지 말로는 성수라 불리는 마물이라는데."

"성수?!"

에리스가 그 말을 듣고 굳어버렸다.

그녀가 평소에 보여주지 않는 표정을 보고 록시와 메밀이 걱정하는 것 같았다. 에리스에 대해 거의 모르는 리슈아도 동요했다는 걸 알 수 있을 정도였다.

"왜 그래? 성수가 뭔지 알아?"

"응……, 그렇지. 성수라……."

그렇게 중얼거린 에리스의 표정은 여전히 어두웠다. 그녀가 밤하늘을 올려다보며 조용히 말했다.

"이번 싸움은 나와 페이트만 가는 게 좋을 것 같아. 나머지는 걸리적거리기만 할 것 같으니까."

"네?!"

그렇게 소리친 사람은 록시였다.

그녀는 이번 토벌에 참가할 생각이었기에 갑작스러운 그 말에 깜짝 놀라고 있었다.

스테이터스가 E의 영역에 도달하지 않았기 때문에 우리와 함께 전선에 서서 싸울 수 없다는 건 그녀도 알고 있다. 그렇기 때문에 보조하는 역할을 맡아 힘이 되어주려 했다.

에리스는 그것조차 안된다고 한 것이다.

여왕의 입장인 그녀가 그렇게 말해버리면 록시는 아무런 말도 할 수 없게 되어버린다.

참다못한 내가 에리스에게 이유를 물었다.

"말이 너무 심하잖아. 대체 왜 그러는데?"

"성수는……, 그냥 E의 영역에 있는 마물과는 달라. 여차할 때 네가 록시를 지킬 수 있어? 그러지 못한다면 데리고 가지 않아야 할 것 같은데."

"반드시 지킬 거야. 그리고 마물은 성수만 있는 게 아니라고. 사막에는 공격적으로 변한 다른 마물들도 있다고 하니까."

곁눈질을 보내자 리슈아가 고개를 끄덕여주었다.

"록시가 그 녀석들을 상대해줘야 우리도 성수에게 집중할 수 있잖아."

"페이……."

자신의 스테이터스가 뒤처진다는 사실은 록시가 제일 잘 알고 있을 것이다.

손을 들어 뭔가 말하려던 그녀를 말렸다.

에리스를 설득하기 위해 입을 열려 하자 그녀가 내 옆으로 다가왔다. 그러더니 내 귀에만 들리는 목소리로 말하기 시작했다.

"내가 하고 싶은 말은 록시를 이 여행……, 싸움에 데리고 왔으니 너도 각오를 다져야 한다는 거야."

"그건……."

"이미 알고 있는 것 같네. 그녀가 너와 인연을 맺었으면 한다고 말하면 확실하게 대답해줘야 한다는 뜻이야! 아무리 E의 영역을 컨트롤하지 못해서 붕괴현상을 일으켜버릴 위험성이 있다 해도."

붕괴현상이라…….

하드와 라팔처럼 E의 영역에 도달했으면서도 마음이 버티지 못하고 사람이 아닌 자로 변모해버리는 것이다.

만약 록시가 나와 인연을 맺고 에리스가 말했던 붕괴현상에 빠져버린다면……, 괴물이 되어버린다면…….

그건 내게 정말 무시무시한 일이다.

더욱 거리를 좁히는 행위――, 인연을 맺는 것은, 폭식 스킬이 그녀를 원하고 있기 때문에 내 몸속에서 무슨 일이 일어날지 전혀 예상할 수 없어서 두렵기도 했다.

"그래……, 그때는 확실하게 할게. 그래도 조금만 기다려줬으면 해."
"알았어, 라고 하고 싶지만. 그건 록시가 정할 문제지."
"맞아."
그 말이 맞다.
나는 살며시 록시를 보았다.
그녀는 지금부터 성수라는 미지의 마물과 싸우려는 상황인데도 고개를 힘차게 끄덕여 주었다.
그 모습을 보고 있던 에리스가 내 배를 살짝 찔렀다.
"록시를 봐서 동행을 허가하지. 실력도 봐두고 싶으니까."
에리스는 자기가 하고 싶은 말만 마치고는 내게서 물러났다.
그리고 모두에게 출발하자는 호령을 귀엽게 내렸다.
"그럼! 가볼까?"
"그래!"
"네!"
리슈아와 메밀은 그런 우리를 배웅해주었다.
"제가 부족한 탓에 죄송합니다. 무운을 빕니다."
"페이트 님, 에리스 님, 록시 님! 힘내세요! 여기서 지면 하우젠에 갈 수가 없으니까요."
"우리에게 맡겨!"
쓸데없는 걱정을 끼칠 수는 없기 때문에 힘차게 대답해보긴 했는데……, 미지의 마물이기에 막연한 불안함이 마음속에 계속 자리 잡고 있었다.
록시가 혼자 있고 싶다고 말했을 때 보여주었던 굳은 표정도 지금은 부드러워졌다.

같은 여자로서, 같은 성기사로서, 리슈아는 부탁을 잘 들어준 것 같다.

싸움이 무사히 끝나면 그녀에게 고맙다는 인사를 해야겠는데.

그렇게 생각하면서 리슈아와 여기에서 기다려줄 메밀에게 손을 흔든 다음 도시를 나섰다.

멸망의 사막이라 불리는 곳은 도시 동쪽에 인접해 있다.

발을 내디디자 달밤의 싸늘한 바람이 불어왔고, 지평선 너머까지 모래의 대지가 이어져 있었다.

그리고 불모지를 넓힌 범인인 정겨운 마물이 맞이해 주었다.

하지만 모습이 조금 달랐다.

록시와 에리스도 그 이변에 대해 눈치채고 있었다.

"샌드맨의 모습이……, 변질되었네요. 외모도 투박해서 뭐라고 해야 할까요……, 까만 독기를 몸에 두르고 있는 것 같은데요."

"붕괴현상인가?"

"아니, 그건 아니야. 저건 억지로……, 성수의 가호를 받게 한 것 같은데."

"가호라는 게 뭔데?"

가호란 생물의 가능성을 이끌어내는 것이라고 한다.

"저게 가능성이라고? 괴물이 더 추한 괴물이 되었을 뿐이잖아."

"아하하, 맞는 말이네. 성스러운 가호는 누구나 적응할 수 있는 게 아니야. 받는다 해도 맞지 않으면 저렇게 되어버리지. 괴물이 더 괴물로 변하는 거야. 그래도 얕보면 안 돼. 페이트, 감정 스킬로 조사해 봐."

"알았어."

나는 샌드맨이었던 마물에게 《감정》 스킬을 발동시켰다.

그와 동시에 에리스의 말이 신경 쓰였다.

성스러운 가호에 적성이 없으면 더 괴물로 변해버린다는 점이다.

마치 대죄 스킬의 인연과 비슷한 것 같았기 때문이다.

확실하게 말할 수는 없지만, 느낌만 따지고 보면 성수와 대죄 스킬 사이에 어떤 관계가 있을지도 모르겠다.

에리스가 성수라는 말을 들었을 때 조금 이상한 모습을 보였다는 것도 기분 나쁜 예감이 들게 했다.

하지만 지금은 그런 생각을 하고 있을 때가 아니다. 보이기 시작한 마물의 스테이터스와 스킬을 확인했다.

예전에는 레벨이 30 정도였고, 스테이터스도 2000이 넘지 않는 정도였다.

민첩은 100 정도라 움직임이 느린 마물이었을 텐데.

스킬은 분명……, 정신 강화 (중)을 가지고 있었을 테고.

감정 스킬로 나타난 샌드맨이었던 마물은…….

다크니스 샌드맨 Lv90

체력 : 239000

근력 : 290000

마력 : 132000

정신 : 176000

민첩 : 10000

스킬 : 풍절 마법, 자동 회복

이봐, 이봐. 스테이터스도 그렇고 스킬도 풍절 마법하고 자동 회복을 가지고 있는데.

자동 회복은 나도 가지고 있는 편리한 스킬이다.

치명적인 상처는 힘들지만, 그게 아니라면 조금씩 회복할 수 있다.

이 다크니스 샌드맨은 관마물과는 다르다. 근처에 널려 있는 일반적인 마물이다. 그런 녀석이 이렇게 유용한 스킬을 가지고 있다면 너무 위험하잖아.

리슈아가 이 마물 때문에 골치 아파하던 이유를 알겠다.

풍절 마법을 감정하고 록시와 에리스에게 알아낸 것을 전했다.

"저 마물의 이름은 다크니스 샌드맨이야. 스테이터스는 샌드맨이랑 비교가 안 돼. 근력은 30만에 가깝고. 가장 낮은 건 민첩이고 수치는 1만. 스킬은 자동 회복과 풍절 마법이야. 마법의 효과로 진공 칼날을 만들어내서 원거리 공격을 할 수 있는 것 같아. 느리다고 방심하다간 멀리 떨어진 위치에서 찢기게 되겠지."

"그렇다네. 록시, 조심해."

"네."

이 정보는 록시가 제일 명심해 두어야 하는 정보였다.

왜냐하면 나와 에리스는 E의 영역에 도달했기 때문에 그 이하의 스테이터스를 지닌 상대의 공격이 통하지 않기 때문이다.

예를 들어 지금 이곳에 있는 다크니스 샌드맨이 아무리 풍절 마법으로 공격한다 해도 생채기하나 나지 않는다.

하지만 어느 정도 충격은 느끼게 된다.

그런 충격을 성수와 싸울 때 대량으로 받는다면 전투에 집중할 수 없을 것이다. 만약 그 허를 찔리면 성수에게 치명적인 공격을 당할 수도 있다.

그래서 성수 주위에 있는 다크니스 샌드맨을 록시가 처리하기로 작전을 세웠다.

에리스는 그녀를 빤히 바라보며 말했다.

"좋았어! 록시, 준비는 됐니?"

"싸우는 거군요."

"그래. 너 혼자서. 우리는 견학할 거야. 그리고 조건을 하나 내걸게."

"어떤 조건인가요?"

"후후후……. 조건을 말하기 전에, 우리는 성수의 가호를 받고 실패한 마물을 모두 『다크니스(어둠에 타락한 자)』라 불렀어. 다크니스 샌드맨은 너무 기니까 앞으로는 다크니스라고 부르자. 페이트도."

"네."

"그래."

에리스는 다크니스를 바라보면서 씨익 웃었다.

"록시는 저 다크니스를 10초 이내에 쓰러뜨려야 해. 어때? 못한다면 여기서 돌아가 줘야겠어."

"에리스?! 또 그런 소릴 하는 거야?"

"그래, 할 거야. 이 정도 다크니스에게 고생한다면 진짜 걸리적거릴 테니까. 미리 말해둘게. 나는 싸울 때는 엄격해. 자, 어떻게 할래?"

그녀는 록시를 똑바로 바라보고 있었다. 록시는 그 눈빛을 피하지 않고 대답했다.

"할게요. 저도 그렇게까지 걸리적거리지 않는다는 걸 에리스 님께 알려드리고 싶으니까요."

"좋은데! 노력가는 정말 좋아하거든. 그럼 해볼까!"

록시는 성검을 칼집에서 뽑아 들고 겨누었다. 다크니스는 아직 우리를 눈치채지 못했다.

단숨에 파고들어서 기습하면 에리스가 말한 10초 이내에 쓰러뜨릴 수 있을 것이다.

문제는 발치가 모래라는 것이다. 단단한 지면과는 달리 발을 세게 내디디면 내디딜수록 발이 깊게 빠져버린다.

나는 일부러 그녀에게 그 말을 하지 않았다. 왜냐하면 나도 그녀가 에리스의 시련을 뛰어넘었으면 하기 때문이다. 눈치 없이 나설 수는 없다.

"준비는 된 모양이구나."

"네."

"그럼, 시작!"

록시는 발을 내디딜 때 긴장했는지, 모래에 발이 빠질 뻔했다. 하지만 바로 자세를 다잡고 다크니스의 시야를 향해 달려가기 시작했다. 모래 위라고는 생각하기 힘들만큼 가벼운 발놀림……. 역시 대단하다.

하지만 이제 막 시작한 참이라 방심할 순 없다. 나는 조용히 록시를 믿으며 싸움을 지켜볼 뿐이다.

제13화 록시의 한계

다크니스의 사각에서 파고들려 하는 록시.

그 직전에 다크니스가 눈치채버렸다. 침을 삼키며 지켜보고 있던 나는 바로 그녀 곁으로 가고 싶어졌지만, 꾹 참고 상황을 지켜보았다.

록시는 망설임 없이 기세를 그대로 살려 다크니스를 베었다.

"아……, 얕은데."

옆에 있던 에리스가 중얼거린 말에……. 나도 동의했다.

샌드맨과 약점이 같다면, 저 모래로 이루어진 몸 안쪽에 있는 코어를 공격해야만 한다.

모래로 이루어진 몸은 발치에 있는 모래를 모아서 코어를 덮고 있는 것에 불과하기 때문이다.

다시 말해 록시는 첫 번째 공격으로 코어가 아닌 모래를 베어버렸다. 기습은 실패했다고 해도 과언이 아닐 것이다.

"자, 시간이 없어."

"록시……."

내 걱정은 기우였다.

그녀는 첫 번째 공격이 실패할지도 모른다는 것도 예상하고 있었다.

다크니스가 풍절 마법을 영창하기 위해 록시에게서 거리를 벌리려 했다. 모래 속으로 파고들려 한 것이다.

그녀는 그대로 두지 않고 몸을 회전시켜 다크니스를 차올렸다. 검사이면서 발기술도 쓴다. 문득 어떤 말이 생각났다.

예전에 아론이 말했었다. 그 아이는 발버릇이 나쁘다는 말이다. 그는 록시와 시합을 했을 때 검보다 발기술 때문에 더 고생했다고 했다.

강렬한 발차기는 모래에 파고들어 그 중심에 있던 코어에 닿았다. 까앙, 금속음과 비슷한 소리와 함께 푸른 코어가 공중으로 튀어나왔다.

평범한 샌드맨의 코어와는 비교도 안 될 정도로 단단해 보이는 코어였다.

발차기만으로는 금 하나도 가지 않았다.

하지만 무방비하게 공중에 떠 버렸으니 저 코어는 아무것도 하지 못할 것이다.

록시는 추격하듯 공중에 뜬 코어를 가로로 베었다. 그 날카로운 참격으로 인해 코어가 두 동강 나서 모래 위에 떨어졌다.

시간은…… 아슬아슬하게 10초인가?

에리스가 제시한 조건을 달성한 것이다.

록시 곁으로 에리스와 함께 둘이서 다가갔는데……, 에리스는 록시를 칭찬하려는 듯한 표정을 보이지 않았다.

"페이, 에리스 님. 겨우 시간 안에 쓰러뜨렸어요."

록시는 약간 딱딱한 표정을 짓고 있었다.

에리스가 평소처럼 시원스러운 표정을 짓고 있지 않았기 때문일 것이다.

에리스는 잠시 뜸을 들인 다음 입을 열었다.

"우선 축하해."

"감사합니다."

"그런데, 10초 안에 쓰러뜨리라고 하긴 했지만, 설마 아슬아슬할 줄은 몰랐어. 그리고 공격 횟수가 너무 많아."

"……드릴 말씀이 없습니다."

아마 에리스가 원한 것은 한 번의 공격으로 다크니스를 쓰러뜨리는 모습이었을 것이다.

겨우 합격하긴 했지만, 불안한 느낌이 남아있다는 말투였다.

"나는 이런 느낌으로 쓰러뜨렸으면 했는데."

에리스는 그러게 말하면서 흑총검을 겨누었다.

그리고 우리가 있는 곳에서 동쪽에 위치한 다크니스를 발견한 다음 조준하고 발포했다.

다크니스의 코어가 멋지게 꿰뚫리고, 흔적도 없이 날아가 버렸다.

"이런 식으로. 록시는 적어도 이 정도는 되어야 하거든."

"……노력하겠습니다."

"페이트는 어때? 너도 다크니스를 쓰러뜨리는 모습을 록시에게 보여주는 게 어떨까?"

"나는 사양할게."

에리스와 힘의 차이를 느낀 직후에 내가 확인 사살을 가한다니……, 그럴 순 없지.

에리스는 정말 싸울 때는 엄하구나.

나는 록시 곁으로 가서 어깨에 손을 얹었다.

"에리스는 규격에서 벗어난 녀석이니까 비교하지 않는 게 나을 거야. 그보다…….”

“네, 저도 알아요. 제가 할 수 있는 일을 할게요. 우선 그것부터 해야죠.”

“다크니스를 처리하는 건 맡길게. 하지만 힘들어질 것 같으면 말해줘.”

록시는 고개를 크게 끄덕이고 계속 쥐고 있던 성검을 칼집에 넣었다.

그 뒤, 우리는 리슈아의 정보로 성수가 목격된 장소를 향해 동쪽으로 사막을 계속 나아갔다.

불어오는 바람이 뜨거워진 몸을 적당히 식혀주는 게 기분 좋았다.

보름달까지 떠서 시야도 양호하다. 나이트 헌트를 하기에는 딱 좋다.

원래는 사막이 무인들로 인해 떠들썩했을 것이다.

하지만 모든 원인인 저 녀석이 자리 잡고 있으니 평범한 무인들이 절대로 당해낼 수 없다는 건 금방 알 수 있다.

모래를 휘감아 올리며 나타난 거대한 전갈.

그 누구도 다가오지 못하게 하는 압박감에 가득 찬 루비 같은 외골격.

커다란 둔기를 연상케 하는 두 집게발이 더욱 튼튼하다는 느낌이 들게 했다.

그 뒤에는 척 보기에도 날카로운 꼬리가 이리저리 조금씩 움직이면서 꿰뚫을 표적을 찾고 있는 것 같았다.

“록시, 에리스! 준비 됐어?”

"네."
"됐어……."
에리스가 약간 힘없이 대답한 게 신경 쓰이긴 하지만, 눈앞에 있는 적에게 집중할 수밖에 없다.
흑검을 쥐면서 그리드에게도 말을 걸었다.
"성수와 싸울 거야. 할 수 있겠지? 그리드."
『그래, 이 몸에게 맡겨라. 그런데 성수의 상태가 이상하군.』
"응?"
그리드가 한 말이 맞았다.
성수는 우리가 무기를 겨누고 있는데도 불구하고 그걸 무시하면서 다른 방향으로 가려 하고 있었다.
그리고 그 거대한 전갈에게 이끌리듯 수많은 다크니스들이 뒤를 따랐다.
"전혀 거들떠보지도 않는데……."
『그렇지. 성수는 사람과 비슷하거나 더 높은 지능을 지니고 있다. 하지만 저건 짐승 이하다.』
"이성이란 게 느껴지지 않는 움직임이야."
『아마도……, 그 땅으로 통하는 문 때문에 되살아났지만, 완전히 되살아난 게 아닐지도 모른다.』
완전체가 아닌 건가…….
저 정도인데도……. 이성을 잃었다면 감정 스킬을 방해하지도 않을 것이다.
스킬을 발동시켜 거대한 전갈의 스테이터스를 조사했다.

[신의 수호방패]

조디악 스콜피온 Lv ???

체력 : 9 · 3E(+9)

근력 : 9 · 3E(+9)

마력 : 5 · 5E(+9)

정신 : 9 · 9E(+9)

민첩 : 5 · 2E(+9)

스킬 : ???

스테이터스는 확인할 수 있었지만, 레벨과 스킬까지는 알아낼 수 없었다.

성수의 힘일지도 모른다.

그건 그렇고 스테이터스가 터무니없는 수준이다.

지금까지 싸워온 E의 영역 적과는 자릿수가 하나 다르다. 아니, 체력과 근력, 정신만 놓고 보면 거의 두 자릿수 차이가 날 것 같다.

확실히 말해 지금 내 스테이터스보다 높았다.

하지만 E의 영역부터는 스테이터스를 다루는 게 매우 까다롭다. 제대로 컨트롤하지 않으면 힘을 발휘할 수 없고, 마음까지 침식당해버리면 붕괴현상으로 인해 괴물 이하의 존재가 되어버릴 수도 있다.

이성을 잃은 상태라면 원래 힘을 발휘하지 못할 것이다.

그 사실은 왕도에서 [혼을 농락하는 자], 고블린 샤먼으로 인해 사람이 변모한 오우거라는 마물과 싸우면서 알게 되었다.

오우거는 사람이 억지로 E의 영역에 도달해버린 결과로 나타난 모습이다. 붕괴현상으로 인해 이성이 없는 괴물이 되어버렸기에 원래 힘을 발휘하지 못하고 있었다.

마찬가지로 조디악 스콜피온도 지금 상태라면 저렇게 강대한 스테이터스를 제대로 다루지 못할 것 같았다.

그 생각을 꿰뚫어 본 건지 그리드가 《독심》 스킬을 통해 말했다.

『아무리 100퍼센트 발휘하지 못한다 하더라도 어설프게 봤다간 죽을 거다. 상대는 성수라고. 봐라, 에리스 녀석을. 겉으로는 태연한 척하고 있지만 마음속으로는 겁을 먹었다. 저 녀석이 라이브라를 두려워하는 것과 비슷할 정도로 성수는 공포의 대상이니까.』

"에리스가……."

좀 전에 보였던 그녀의 위화감을 그리드도 느끼고 있는 모양이었다.

『지금까지는 괜찮은 것 같지만, 여차했을 때 트라우마가 되살아나지 않아야 할 텐데.』

"이런 상황에서 그런 말 하지 마."

『하하하, 미안, 미안.』

그리드가 가끔 그런 예상을 하면 자주 들어맞곤 한다.

싸우기 전부터 기분 나쁜 예감만 드는데.

나는 마음을 다잡고 감정 스킬로 알아낸 사실을 에리스와 록시에게 말했다.

그리고 긴장도 풀 겸 다시 각자의 역할을 확인했다.

"록시는 우리가 싸우기 편하게끔 포위하려 하는 다크니스를 모두 해치워."
"네."
"에리스는 총격으로 중간 정도 거리에서 견제하면서 주의를 돌려줘."
"알았어! 지금 나는 접근전이 좀 힘들 것 같으니까. 페이트와 록시에게 버프를 걸어주면서 움직이기 편하게 해줄게."
"나는 두 사람의 보조를 받으면서 성수에게 달려들 거야."
파티 컨트롤은 중간에 있는 에리스가 맡는다.
앞장선 내가 뒤를 돌아보면서 두 사람을 살펴볼 수는 없다.
록시는 아마 다크니스와 싸우기만 해도 벅찰 것이다.
뭐, 우리 중에서 가장 연장자인 에리스는 전투 경험이 제일 많으니까 제일 적합할 것 같다.
불안요소를 들자면 그리드가 말했던 과거의 트라우마가 있긴 하지만……, 그 내용을 모르는 나는 뭐가 방아쇠로 작용할지 알 수가 없다.
하지만 에리스에게 물어보기도 힘들 것이다.
오랜 세월이 지난 뒤에도 여전히 아물지 않은 마음의 상처를 간단히 요약해서 말해달라고 할 수는 없다. 그렇게 간단히 말할 수 있는 거라면 트라우마가 되지도 않았을 테고.
"시작할까? 미적대다간 성수가 멀리 가버릴 거야."
싸움을 시작하게 된 신호는 한 발의 총성이었다.
에리스가 성수를 향해 날린 총알에는 매우 강한 마력이 담겨 있었고, E의 영역 입구 정도의 마물이라면 즉사할 만한 관통력을 지니고 있었다.

하지만 성수의 붉은 외골격이 그것을 쉽사리 튕겨냈다.
단단하다……라는 표현으로도 부족한 것 같다.
방어본능 때문일까. 공격당한 성수는 방향을 틀어서 모래를 휘몰아치며 일직선으로 우리를 향해 다가왔다.
자, 싸우자.
그런 내게 그리드가 말했다.
『성수와의 전투다. 지금까지 이 몸의 성능에 의존하기만 했던 너도 이제 성장해야지. 이 몸의 사용자라면 이 몸의 모든 것을 끌어내 봐라!』
"굳이 말할 필요도 없어. 언제든 할 일은 정해져 있으니까."
『호오, 그게 무슨 뜻이지?』
"온 힘을 다해 싸울 뿐이야."
전위 역할을 맡아 그녀들보다 먼저 앞으로 나서서 뛰어가기 시작했다.
뒤에서는 에리스가 날린 버프 총탄이 날아왔다. 내가 맞자 몸이 은색 빛에 감싸였다.
이건……, 팔랑크스 불릿인가?
마력 오라를 전개해서 세 번까지 공격 대미지를 비약적으로 경감시켜주는 효과적인 버프다. 이걸 쏘려면 차지5가 필요하니까 아마 미리 이 싸움을 대비하고 있었던 것 같다.
"고맙네. 첫 번째 공격 간다! 그리드!"
『그래!』
조디악 스콜피온의 집게발을 피해 배 아래쪽으로 파고들었다. 기세를 그대로 살려 흑검을 휘둘렀다.

"단단하기만 한 게 아니야! 보이지 않는 벽 같은 것에 막혀서 생각한 것만큼 칼날이 들어가지 않아."

『그게 성스러운 가호라는 거다. 자, 어떻게 할 거냐? 페이트!』

지금까지와는 다른 적 앞에서 그리드는 매우 즐거워 보였다.

해주지. 나는 폭식 스킬의 절반을 해방했다.

몸 전체가 저리는 것 같은 통증과 함께 굶주림이 북받쳤다.

꽤 익숙해지긴 했지만, 자기 자신을 좀먹는 행위. 라이네는 이걸 거듭하다간 그리 멀지 않은 미래에……, 내가 사람이 아니게 되어버릴 거라고 말했다.

하지만 이 싸움의 충동은 멈출 수 없다. 아론과 싸웠던……, 이별의 시합에서 뼈저리게 느끼게 되어버렸다.

나는 지금까지 싸워오면서 무인이 되었던 것이다. 어렸을 때 아버지처럼 되고 싶다고 동경하던 무인이.

"무인답게, 폭식답게……, 먹어치워 주지."

제14화 화염검과 성수

흑검 그리드의 성능에만 의존하다간 이 성수에게 생채기조차 낼 수 없다.

우선 화염탄 마법이다. 나는 그 마법을 날리지 않고 흑검에 담았다.

곧바로 검붉은 불꽃이 흑검에서 뿜어져 나왔다.

『일단 그것부터 시작하겠다는 거냐?』

"그래. 무술뿐만이 아니라 마력을 순수하게 마법으로 변환시키는 단련도 해왔으니까."

『그렇군, 화염 마력밀도가 훨씬 오르긴 했어.』

당연하지. 마인의 행방을 찾는 동안 나도 왕도에서 느긋하게 지낸 게 아니라고.

마법 스킬은 폭식 스킬로 얻은 것이다. 선천적으로 가지고 태어난 게 아니다. 그래서 소양이 별로 없었던 모양인지 다루는데 고생했다.

지금까지 그걸 메꾸기 위해 그리드의 제1위계인 흑궁의 보조를 받아서 겨우 마법 스킬을 사용하고 있었다.

하지만 가리아에서 에리스, 마인과 함께 흑궁을 컨트롤하기 위해 단련할 때 다음 목표가 생겼다.

그 죽음의 냄새로 가득 찬 대지에서는 흑궁으로 날리는 마력 화살을 그리드에게 의존하지 않고 표적에 맞추는 기술을 습득했다.

그것을 통해 자신이 생긴 내 안에선 마법 스킬도 자신의 힘으로 자유롭게 다루고 싶다는 마음이 솟구쳤다.

마법 스킬은 이미지가 가장 중요하다고 한다. 그래서 루나와 만나는 정신세계에서도 단련할 수가 있었다.

매일 밤 잠든 뒤에 그리드까지 함께 새하얀 세계에서 두 사람이 지켜보는 가운데 마법 단련을 했던 것이다.

그렇게 짜낸 것이 흑검에 내 마법 스킬을 더해 마검화하는 것이었다.

이번에는 화염탄 마법으로 밀리아가 가지고 있던 불꽃의 마검, 플랑베르쥬를 따라해 보았다.

모방한 것임에도 불구하고 위력 자체는 플랑베르쥬를 압도적으로 능가한다.

『그럼, 가볼까.』

"그래."

성수 아래에서 뛰쳐나와 다시 공격을 가할 타이밍을 살폈다.

내 뒤에서 다크니스들이 꿈틀대며 덮치려 했지만, 신경 쓰지 않았다. E의 영역으로 인해 그보다 떨어지는 스테이터스를 지닌 자에게 공격당하지 않기 때문이 아니다.

처리를 맡긴 록시가 있기 때문이다.

"페이!"

"고마워!"

참격 소리와 함께 내 이름을 부르는 목소리가 들렸다. 돌아보지도 않고 고맙다는 인사만을 남긴 채 성수를 바라보았다.

싸움에 집중할 수 있게끔 록시가 확실하게 원호해주고 있다.

그리고 또 한 명.

에리스가 날카로운 총성을 울리며 성수 측면에 탄환 여러 발을 맞췄다.

"페이트, 빈틈은 내가 만들게, 알겠지?"

"알았어. 에리스, 부탁할게!"

"내게 맡겨."

성스러운 가호에 막혀서 에리스가 날린 총알은 닿지 않았다. 하지만 주의가 그녀에게 쏠렸다.

나는 그 빈틈을 놓치지 않고 화염검을 겨누며 달려가기 시작했다.

에리스의 보조는 그것뿐만이 아니었다.

이번에는 곧바로 성수의 발치에 총탄을 박아넣었다. 성스러운 가호로 인해 자신의 공격이 통하지 않는다는 걸 알자 바로 재치 있게 발치의 모래를 잔뜩 날려버린 것이다.

그 결과, 발치가 사라진 성수는 거대한 몸을 지탱하던 균형을 잃고 크게 기울었다.

그야말로 빈틈투성이라 할 수 있다.

자세를 바로잡는데 필사적인 성수라면 어디를 베더라도 반격당할 가능성은 적을 것이다.

"나이스!"

"그대로 단숨에 베어버려!"

에리스의 응원을 들으면서 성수에게 달려들었다. 모래에 발이 빠지지 않게끔 신경 쓰며 최대한 힘을 실어 나아갔다.

성수는 균형을 잃으면서도 나를 보았다.

기분 나쁜 예감이 든 다음 순간, 내 머리 위에 거대한 꼬리가 나타났다.

그 끝에는 날카로운 침이 달려 있었고, 엄청난 속도로 내 몸을 꿰뚫으려 하고 있었다.

하지만 나는 그것을 피하지 않고 돌진했다.

에리스가 걸어준 팔랑크스 불릿의 효과를 믿었기 때문이다.

거세게 타오르는 흑검을 하단으로 겨눈 채 성수의 꼬리와 정면으로 충돌했다.

공기가 뒤흔들리는 것 같은 진동과 함께 유리가 깨지는 듯한 소리가 울려 퍼졌다. 나는 멀쩡하다. 그리고 성수의 꼬리는 튕겨 나간 것처럼 뒤로 물러나 있었다.

팔랑크스 불릿의 효과가 발휘되었다는 사실이 증명된 순간이었다.

꽤 하잖아, 에리스.

나보다 강한 적의 공격을 멀쩡하게 견뎌낼 수 있다니, 정말 좋은 버프다.

게다가 두 번이나 더 막아낼 수 있다.

고맙다……. 그렇다면 나는 일직선으로 공격을 가하는 데만 집중할 수 있다.

"우오오오오오오오오옷!"

『가라! 페이트!』

성수가 날카로운 침을 한 번, 또 한 번 날릴 때마다 팔랑크스 불릿의 방벽이 깎여나갔다. 맨몸이 되어버려서 이제 물러설 곳이 없었지만, 아무래도 내가 더 빨랐던 모양이다.

화염검으로 변한 흑검을 성수의 옆구리에 때려 넣었다.

"크윽."

하지만 성스러운 가호로 인해 다시 막혀버렸다.

『왜 그러냐? 페이트. 겨우 그 정도냐? 더! 더!』

굳이 말하지 않아도 알아. 이래도 성스러운 가호에 닿지 않는다면 화력을 더욱 키울 수밖에 없지.

《정신통일》 스킬을 발동시켰다.

이 스킬은 언데드 아크 데몬을 쓰러뜨렸을 때 얻은 것이다. 신이라 불리는 집합생명체에게 몸을 빼앗긴 라팔 브레릭이 마물로 변해버린 모습이었다.

내게는 라팔과의 악연까지 더해져서……, 정말 복잡한 기분이 드는 스킬이기도 하다.

하지만 지금은 그런 말을 하고 있을 때가 아니다.

정신통일 스킬은 일정 시간 동안 기술 계열, 마법 계열 스킬의 위력을 다섯 배로 증폭해준다.

나는 E의 영역에 있는 스테이터스를 다루는데도 고생하고 있기에 정신통일 스킬을 제대로 사용할 수 없다. 실제로 왕도에 있을 때는 너무 강한 힘 때문에 피해가 생기는 것을 우려해서 쓰지 못했다.

하지만 이곳은 사막 한가운데고, 내 뒤에는 에리스와 록시가 있다. 앞쪽을 향해 온 힘을 다한다 해도 문제는 없다.

『지평선 너머까지 사막이다. 겨우 그걸 쓸 수 있겠군.』

"그래, 마법 스킬이 증폭되는 게 느껴져."

『전부 컨트롤할 생각은 하지 마라. 지금 네가 할 수 있는 게 아니야. 그저 온 힘을 다하는 데만 집중해라.』

그리드의 말대로 이걸 컨트롤할 수 있을 것 같진 않다. 지금까지 느껴본 적이 없을 정도로 대단한 힘이었다.

불꽃이 황금빛으로 변했다. 이런 색을 띤 불꽃은 본 적이 없다. 그야말로 자연계에 존재하지 않는 불꽃색. 마법이기 때문에 나타낼 수 있는 색이다.

이것으로 성스러운 가호를 벤다.

이건……, 할 수 있어!

한동안 팽팽하게 맞섰지만, 서서히 내 흑검 쪽이 우세해졌다.

성스러운 가호를 파괴하는 것에 정신이 팔려있자니 뒤쪽에서 록시의 목소리가 들렸다.

"페이트! 뒤쪽!"

기분이 나쁠 정도로 오싹한 기척이 뒤에서 느껴졌다. 그 사실을 눈치챘을 때는 성수의 꼬리가 이미 다가와 있었다. 팔랑크스 불릿의 방벽은 사라진 상태다. 이대로 가다간 뒤에서 날카로운 침에 관통되어버릴 것이다.

그렇게 생각했을 때, 총성 몇 발이 나를 원호해주었다.

"어서 성스러운 가호를 파괴해. 네게 꼬리가 다가가지 못하게끔 튕겨내는 것만 해도 벅차니까."

"에리스!"

"어서."

에리스의 원호사격 덕분에 성스러운 가호에만 집중할 수 있다. 아마 록시가 에리스를 보조하기 위해 다크니스를 성검으로 베고 있는 것 같다.

뒤쪽에서 총성과 함께 검을 휘두르는 소리도 들렸다.

두 사람의 기대에 부응해야만 한다.

"그리드, 따라올 수 있겠어?"

『당연하지.』

"그렇다면……, 성스러운 가호인지 뭔지, 잘 모르겠지만."

"『베어버린다!』"

그저 힘으로 밀어붙인다. 정신없이 그것에만 집중한다.

성스러운 가호를 밀어내기 시작하던 흑검이 더욱 빨라졌다. 대량의 불꽃을 휘감아 올리며 빛의 벽을 태우기 시작했다.

끝까지 휘둘렀을 때는 성수를 지켜주던 것이 사라진 뒤였다.

"아직 멀었어! 안 그래? 그리드!"

『그래!』

그렇다. 아직 정신통일 스킬의 효과는 남아있다. 이것은 마법 스킬만을 증폭해주는 것이 아니다.

기술 계열……, 다시 말해 아츠 또한 강화해주는 것이다.

내가 쥐고 있는 흑검은 한 손 검 타입. 그것에 해당되는 아츠는 하나밖에 없다.

나는 하단 자세에서 《샤프 엣지》를 날렸다.

고속 이단 베기 공격. 우선 흑검을 휘둘러 올려서 성수의 붉고 거대한 몸을 공중에 띄웠다.

그대로 검 끝에서 황금빛 불꽃을 흩뿌리며 성수를 내리쳐 베었다.

지면에 내동댕이치자 마치 지진이 일어난 것 같은 진동이 주위로 퍼져나갔다.

『해치웠나?』

“다 알고 있으면서……, 그런 말 하지 말라고.”

그리드가 놀리듯이 말하며 기운을 차리게 해주었다.

정말……, 얼마나 단단한 거지? 지금까지 어떤 적이든 쉽사리 베어버렸던 흑검으로도 얕은 상처밖에 입히지 못했다.

“저 단단한 껍질에 약간 흠집이 났을 뿐이잖아.”

『하지만 이 몸은 날이 전혀 빠지지도 않았다. 무슨 뜻인지는 알겠지?』

“나도 알아. 아직 멀었다는 말을 하고 싶은 거잖아?”

『그런 거다. 슬슬 몸도 풀렸을 텐데. 생각나는군……, 이곳이.』

그래……, 나도 생각난다. 이곳에서 폭식 스킬을 억누르기 위한 단련을 하기 시작했다.

지금은 다크니스로 변해버린 샌드맨의 혼을 조금씩 먹으면서 굶주린 상태를 유지했었다.

그건 마치……, 목이 바싹 마른 상황에서 물을 한 방울씩 마시며 축이는 것 같은 고통이었다.

하지만 그것도 익숙해지니 별것 아니다.

초심으로 돌아가자는 건 아니지만……, 다시 굶주림을 느껴보자.

심호흡을 한 번 하고 폭식 스킬의 절반을 끌어냈다.

“크윽?!”

지금까지보다 훨씬 강한 두통이 스쳐 갔고, 위화감을 느끼면서도 스테이터스의 컨트롤 정확도가 더욱 높아졌는지 확인했다.

문제없이 E의 영역에 있는 내 스테이터스를 컨트롤하고 있다.

역시 반 기아 상태다.

알 수 없는 두통 때문에 약간 불안하긴 하지만, 지금은 나아졌으니 괜찮을 것이다.

그리고 모래에서 기어 나오고 있는 성수를 바라보았다.

성수는 방금 샤프 엣지에 당한 충격 때문에 모래 속으로 가라앉았던 몸을 아무 일도 없었다는 듯이 서서히 드러내고 있었다.

둔기로도 써먹을 수 있을 것 같을 정도로 거대한 집게발 두 개를 내게 들이대며 위협하고 있다. 게다가 꼬리의 침으로도 나를 확실하게 노리고 있었다.

좀 전과는 전혀 다르게, 명백히 강한 공격성을 띤 압박감이 느껴졌다. 내가 성스러운 가호를 벗겨냈기 때문일 것이다.

하지만 왠지 그것뿐만이 아닐 것 같다는 생각이 들었다.

내가 폭식 스킬의 절반을 해방한 순간 저 성수의 움직임에 변화가 생긴 것처럼 보였기 때문이다.

에리스가 성수란 말을 들었을 때 마음이 불안정해졌던 것을 기억하고 있다.

그녀는 대죄 스킬 보유자다.

만약 그것과 관련이 있다면 지금 눈앞에 있는 성수도 마찬가지로 내 대죄 스킬――, 폭식 스킬과 연관이 있을지도 모른다.

그건 이 성수를 쓰러뜨린 다음에 천천히 생각해도 되겠지.

나는 여전히 거세게 타오르고 있는 흑검을 다시 겨누었다.

제15화 성수의 위압

내 공격이 모두 명중했다.

그로 인해 성수가 자신의 스테이터스를 제대로 살리지 못하고 있다는 것을 느낄 수 있었다.

내게 대처하는 움직임은 이성적이지 않다.

싸워보니 공격에 대해 본능적이고 반사적으로 행동할 뿐이다.

내 움직임을 예측하는 반응은 보이지 않았다.

단순하게 행동한다면 나도 매우 싸우기 편하다.

아무리 외피가 단단해서 그리드의 칼날이 잘 들어가지 않는다 해도, 한 곳을 중점적으로 계속 공격하다 보면 베어낼 수 있을 것이다.

정신통일 스킬의 효과가 사라지기 전에 적어도 저 거대한 집게발 중 하나 정도는 잘라내고 싶다.

"가자! 그리드!"

『노리는 건 좋긴 한데, 저 집게발에 끼이진 마라. 잡히면 두 동강 날 테니까!』

나도 안다고. 내 흑검은 한 자루, 성수의 집게발은 두 개.

그러니까 집게발 하나만 상대하다간 다른 하나가 나를 싹둑 잘라버릴 거라는 뜻이잖아?

그리고 꼬리의 침도 위험하다. 저건 머리 위에서 달려든다.

성수 한 마리를 상대하는데도 마치 세 마리와 싸우는 거나 마찬가지다.

에리스의 원호사격을 기대해야겠다. 믿는다고, 색욕 씨. 꼬리의 침은 맡길게.

거세게 타오르는 화염검을 들어 올리고 노린 것은 당연히 성수의 오른쪽 집게발이었다.

왼쪽에서 날아든 공격을 피한 다음 오른쪽 집게발에 공격을 가하기 시작했다. 작은 상처가 조금씩 퍼져나가는 걸 보니 시간이 좀 걸릴 것 같긴 하지만 확실한 손맛이 느껴졌다.

그리고 믿었던 대로 에리스가 성수의 꼬리 공격을 총탄으로 막아주었기에 매우 편했다.

순조롭다! 순조로워! 방심은 금물이긴 하지만, 느낌이 좋다.

싸움의 흐름은 중간 위치에 있는 에리스에게 맡겼다. 그로 인해 혼자서 싸우는 것보다 부담이 훨씬 줄어들었다. 무인들이 파티를 짜서 마물들과 싸우는 이유를 알 수 있었다.

그녀의 원호는 공격뿐만이 아니었다. 푸른 마력을 띤 총탄 한 발이 내게 맞았다.

곧바로 내 모습과 기척이 사라졌다. 이건……, 배니싱 불릿인가?!

본능적인 공격밖에 못하는 성수를 상대로는 안성맞춤이다. 내 모습이 사라지자 그렇게 힘차게 휘둘러대던 집게발의 움직임이 멎었다.

그 기회를 놓치지 않고 공격해 나갔다.

꼬리 역시 표적이 보이지 않게 되었기 때문에 계속 망설이면서 이리저리 움직이고 있을 뿐이었다.

에리스는 그 모습을 보자마자 표적을 왼쪽 집게발로 바꾸었다.

내가 오른쪽 집게발만 공격해도 되게끔 해준 것이다.

나이스다.

그리고 록시도 에리스가 나를 원호하기 편하게끔 다크니스를 확실하게 해치워주고 있다.

왠지……, 그녀의 움직임이 좋아진 것 같은 느낌이다.

다크니스를 쓰러뜨려서 스피어(경험치)를 얻고 레벨 업을 했는지도 모르겠다.

전투는 순조롭게 진행해나가고 있다. 정신통일 스킬의 효과가 곧 사라질 것 같다.

화염검으로 변한 그리드를 휘두르며 맹렬한 연속공격을 가해나갔다.

콰직.

사막 일대에 울려 퍼질 정도로 큰 파쇄음이 들렸다.

곧바로 오른쪽 집게발이 모래에 가라앉았다.

모습이 보이지 않는 나를 향해 정신없이 휘두르던 집게발. 이제는 축 늘어져서 움직일 수 없게 된 모양이었다.

『페이트, 완전히 잘라내라! 재생되면 골치 아프니까!』

"나도 안다니까."

겉보기와는 달리 조심스러운 그리드가 조언을 해주었다. 여전하네.

하지만 그건 그가 보기에 내가 아직 믿음직스럽지 못하기 때문일 것이다.

성수의 오른쪽 집게발을 잘라내면 조금이나마 믿음직스러워지겠지.

집게발이 만족스럽게 움직이지 못하게 되니 관절 부분을 노리기가 편해졌다. 칼날을 가져다 대기만 하면 잘라낼 수 있을 것 같다.

들어 올린 흑검으로 혼신의 힘을 다해 오른쪽 집게발의 관절 부분을 베었다.

칼날이 파고든 순간, 나는 엄청난 충격을 받았다.

그 기세가 매우 강해서 중간 위치에 있던 에리스를 뛰어넘어 록시가 있던 후위까지 날아가 버렸다.

"페이!"

록시가 내 이름을 부르면서 받아주었다.

하지만 생각했던 것보다 기세가 강했던 모양이다.

록시는 나를 받아낸 충격을 견뎌내며 신음소리를 냈다.

"고마워. 괜찮아?"

"네. 그보다 페이는요?"

"나는 록시 덕분에 괜찮아."

멀쩡한 모습을 보여주며 그녀를 안심시켰다. 그리고 성수를 바라보았다.

붉은 외골격에 검은 문양이 드러나 있다. 저건 아버지의 얼굴에 있던 것과 비슷하다.

"뭐야……."

"페이! 보세요! 다크니스들이?!"

록시가 해치우던 수많은 다크니스들이 일제히 성수 쪽으로 가기 시작하고 있었던 것이다.

무슨 일이 일어난 건지, 무슨 일이 일어나려 하는 건지, 전혀 알지 못하는 우리는 상황을 지켜보기만 했다.

그런 와중에 에리스가 소리쳤다.

"이거……, 큰일인데. 설마……, 자아를 잃은 주제에……. 페이트, 록시. 다크니스를 모두 쓰러뜨려. 성수에게 다가가게 해선 안 돼."

"그게 무슨 소린데?"

우리는 닥치는 대로 다크니스를 쓰러뜨리면서 에리스와 합류했다.

폭식 스킬이 혼을 포식했다는 사실을 알려주는 무기질적인 목소리를 들으며 다시 그녀에게 물었다.

"성수가 다크니스를 먹으려 하고 있어."

"뭐?! 마치 폭식 스킬 같잖아?"

"네 스킬과는 달라. 저건 그냥 식사 같은 거니까."

"그렇다면……."

이야기를 하면서도 다크니스를 쓰러뜨려 나갔다.

하지만 아무리 쓰러뜨려도 모래 속에서 한없이 솟구치고 있었다.

우리가 이 사막에 오기 전까지 믿기지 않을 정도로 많은 샌드맨을 동료로 끌어들인 모양이었다.

크윽…….

다크니스는 스테이터스가 E의 영역에 도달하지 않았지만, 수백 마리나 쓰러뜨리다 보면 티끌 모아 태산이 된다. 내 안에 있는 폭식 스킬을 간헐적으로 자극해버린다.

내 예상대로 억누르고 있던 폭식 스킬이 꿈틀대기 시작했다.

내 마음을 지켜주고 있는 루나도 더 이상은 그만두는 게 좋겠다고 말하는 것만 같았다.

성수의 몸 위에 올라탄 다크니스들이 그 속으로 녹아들기 시작했다.

마치 물이 솜에 스며드는 것 같았다.

"식사라고 해야 하나, 흡수하고 있는 느낌이네요."

"그래……."

해일같이 몰려들던 다크니스들이 멈추자 그곳에는 완전히 회복된 성수가 자리 잡고 있었다.

게다가 좀 전까지와는 달리 엄청난 압박감을 뿜어내고 있다.

붉은 외골격에는 뚜렷한 문양이 나타나 있었다.

그리고, 성수 조디악 스콜피온의 거대한 몸 위에는 신성한 빛의 고리가 떠 있었다.

너무나도 신성하게 빛나고 있어서 신으로 착각할 정도였다.

"이거……, 꽤 위험한데. 아하하……."

그렇게 말하며 힘없이 웃은 사람은 에리스였다.

모습을 바꾼 성수가 내뿜은 압박감. 그로 인해 에리스의 안색이 점점 안 좋아지고 있었다.

그녀는 우리 앞에서 자신만만하게 싸우려는 모습을 보였다. 하지만, 싸우기 전부터 상태가 좋지 않은 것 같았다.

다가가서 에리스를 받쳐주었다. 이래선 싸울 수 있는 상태가 아닐 것이다.

보다 못한 그리드가 벌레를 씹은 듯한 목소리로 말했다.

『아무래도 트라우마가 발동된 것 같군. 애초에 이 여자는 라이브라와 무슨 일이 있었던 것 같으니 성수와도 지긋지긋한 추억이 하나둘 정도는 있을 거다. 오히려 그런 상황에서 용케 싸웠다고 해야겠지.』

"그렇구나……. 에리스의 위치가 무너지면."

『싸울 수가 없지. 이번 싸움의 흐름을 만들던 건 에리스다. 이번엔 일단 후퇴해라.』

"후퇴라니."

도망친다 해도 어디로 가야 하지? 저 성수는 완전히 우리를 쓰러뜨릴 생각인 것 같은데.

그러기 위해서 다크니스를 대량으로 흡수했으니까.

그리고 성수는 확실하게 우리를 바라보고 있다.

도망치면 반드시 쫓아올 것이다. 그렇다면 리슈아와 다른 사람들이 있는 도시로 돌아갈 순 없다.

결국 이렇게 넓은 사막을 헤매면서 계속 도망치게 될 것이다. 그동안에 에리스가 회복되기를 기원할 수밖에 없다.

성수를 살펴보면서 어떻게 해야 할지 생각하고 있자니……, 록시가 나를 빤히 바라보고 있다는 걸 눈치챘다.

"왜 그래?"

"아뇨……, 저기, 죄송해요. 제게 힘이 더 있었다면……."

나는 걱정을 끼치지 않게끔 미소를 지으며 고개를 저었다.

"록시는 약속했던 대로 확실하게 싸워줬어. 그런데 그 이상을 요구할 순 없지. 그러는 게 더 이상하잖아."

"그래도."

"성수로부터 최대한 멀리 떨어지자. 태세를 바로잡은 뒤에 다시 싸우면 돼. 가자!"

에리스를 안아 들고 뒤쪽을 돌아보았다.

어?!

움직인 기척을 전혀 느끼지 못했다. 지금도 조용히 그곳에 있을 거라 생각했다.

하지만 그곳에 있을 줄 알았던 성수가 보이지 않았다.

처음으로 적을 파악한 것은 파트너인 그리드였다.

『페이트! 아래다!』

"크윽!! 뭐?!"

모래 아래에서 소리 없이 거대한 집게발이 나타났다. 설마 소리도 없이 그런 짓을 할 수 있을 줄은 몰랐기 때문에 반응이 완전히 늦어버렸다.

피할 순 없다. 나는 에리스와 록시를 뒤쪽으로 밀쳐냈다.

그러던 와중에도 성수의 집게발은 나를 확실하게 두 동강 내려 하고 있었다.

뛰어오르며 흑검으로 집게발을 베고 몸을 젖혔다.

그래도 피하긴 힘들었기에 옆구리에 공격을 당해버렸다.

내장까지 다치지 않은 게 그나마 다행이다. 내게는 자동 회복 스킬과 자동 회복 부스트 스킬, 이렇게 두 가지 스킬이 있다. 이 정도 상처라면 몇십 초 안에 완치된다.

하지만 모래 속에서 튀어나온 또 하나의 집게발은 기다려주지 않을 것 같았다.

"페이!"

"오지 마!"

록시가 나와 함께 싸우려고 일어섰다. 하지만 그녀의 스테이터스로는 E의 영역에 있는 성수와 싸울 수가 없다.

록시는 자상하니까 그 사실을 알면서도 나설지 몰랐기에 강한 말투로 말해버렸다.

뭐, 그건 나중에 사과하면 되겠지.

이걸 어떻게든 한 다음에…….

날아드는 집게발을 보면서 생각했다.

회복을 제때 할 수가 없다. 아슬아슬하게 정면으로 집게발을 받아낼 수밖에 없다.

아직 제대로 힘을 줄 순 없지만, 지금 있는 모든 힘으로 흑검을 꽉 쥐었다.

"어……."

날아들던 집게발은 내게 닿지 않았다.

나와 성수 사이에 누군가가 끼어들었기 때문이다.

그 사람은 흑창으로 E의 영역에 있는 성수를 쉽사리 막아내고 있었다.

어렸을 때부터 자주 보았던 커다란 등. 내가 동경했던 등이다.

"아버지?!"

"정말, 페이트 너는 그때 이후로 변한 게 없구나, 안 된다고 해도 내 말을 듣질 않아. 그런 구석은……, 네 엄마를 닮았어."

아버지는 성수의 집게발을 떨쳐낸 다음 내게 옆얼굴을 보이며 곤란하다는 듯이 웃었다.

"손이 많이 가는 아이로군. 아직 싸울 수 있다면 나를 따라오거라."

"……."

아무런 말도 하지 못하고 있는 나를 무시하고 아버지가 계속 말했다.

"어떻게 할 거냐? 페이트."

도발하는 듯한 말투다. 정겹네…….

그 말을 들으니 옛날 생각이 나서 잊고 있던 반항심이 되살아났다.

아버지는 항상 그렇게 말하면서 내 반항심을 부추겼다. 그래서 아버지처럼 되고 싶어서 나무 막대기를 들고 무인 흉내를 내곤 했다.

어렸을 때는 그저 아버지의 등을 보기만 했던 나도 지금은 달라졌다. 무인으로서 지금까지 싸워온 것이다.

아버지의 행동 원리는 모르겠다. 적일지도 모른다.

하지만 지금만큼은 그때와 마찬가지로……, 저 등을 믿고 싶다.

"알았어……, 그러자고."

나는 아버지 옆에 섰다. 그리고 성수에게 흑검을 겨누자 아버지가 만족스럽게 웃었다.

모래에서 기어 나온 성수는 아버지가 나타나자 왠지 놀란 것처럼 보였다.

제16화 딘과 페이트

"착한 아이구나."

아버지는 약간 기뻐하며 내 머리를 쓰다듬으려 했다.

그 손을 피한 다음 싸우고 있는 도중인데도 느긋한 아버지에게 불평을 늘어놓았다.

"나는 이제 그런……, 어린애가 아니야."

"하하하. 어린애 취급 당하고 싶지 않다면 저 성수를 혼자서 쓰러뜨렸으면 하는데."

"크윽……, 아버지!"

어린애 취급 당하니 매우 화가 났다.

아버지가 죽은 뒤로 5년 동안 나도 필사적으로 살아왔다.

갑자기 돌아와서 공백 기간 동안 무슨 일이 있었는지 아무것도 모르는 주제에……. 예전과 똑같이 대하는 건 치사하다는 생각이 들었다.

아버지는 그런 마음조차도 꿰뚫어 보는 것 같았다.

"이봐, 이봐. 그런 표정 짓지 말라고. 이제부터 함께 성수와 싸우려 하는데 그래선 제대로 연계도 할 수 없을 거다."

"이래 봬도 강해졌다고. 아버지가 생각했던 것보다 더."

"스테이터스가 높긴 하군. 폭식 스킬의 힘으로 얻은 거겠지? 그 스킬은 네가 생각하는 것과는 다를 거다."

"그게……."

"쓰러뜨린 적의 스테이터스와 스킬을 얻을 수 있지. 척 보기에는 매우 강력한 스킬일 거야. 하지만 대가도 필요하지. 페이트, 너는 대죄 스킬이 무엇을 위해……, 누구를 위해 존재하고 있는지 알고 있니?"

아버지의 물음에 대답할 수가 없었다.

그러자 '그렇군……'이라는 아버지의 작은 목소리가 들렸다.

그런 다음에는 이야기를 나눌 여유조차 없어져 버렸다.

성수가 우리를 향해 움직이기 시작했기 때문이다.

나는 처음으로 아버지와 함께 싸운다는 상황에 약간 긴장하고 있었다.

성수의 집게발 공격에 제대로 대처하지 못하고 늦어버렸다.

모처럼 옆구리에 난 상처가 회복되었는데도 불구하고, 다시 똑같은 곳에 공격이 날아들었다.

"페이트!"

아버지는 흑창을 지면에 꽂아 거대한 얼음 칼날을 만들어냈다. 성수는 거기에 빨려 들어갔다.

성수의 공격은 아슬아슬하게 닿지 않았다.

"왜 그러는 거냐? 저쪽에서 여자들과 함께 쉴래?"

"큭……."

흑검을 다시 겨누고 얼음 속에서 튀어나온 성수를 베었다.

다시 사용할 수 있게 된 《정신통일》 스킬을 발동시켰다. 흑검을 화염검으로 바꾸기 위해 마법을 담기 시작했다.

『또 화염탄 마법이냐? 단조롭군.』

"아니야. 변이시킬 거라고."

『폭식 스킬의 힘을 너무 많이 쓰지 마라.』
화염탄 마법을 변이시켜서 호염(豪炎) 마법으로 승화시켰다.
흑검이 두른 불꽃이 더욱 눈부시게 빛나며 황금빛으로 변해갔다. 그와 동시에 눈동자가 붉어진 오른쪽 눈에서 피가 한 줄기 흘러내리기 시작했다.
라팔과 싸운 뒤로 폭식 스킬의 힘을 쓰면 몸에 확실한 변화가 생기게 되었다. 지금은 눈에서 피가 흐르는 것뿐이지만……, 다음에는 어떻게 되어버릴지 알 수가 없다.
라이네에게 그런 변화에 대해 조사해달라고 했었다. 하지만 그녀가 아버지와 함께 행동하고 있기 때문에 진찰이 중단된 상태다.
위력을 더욱 강하게 만든 화염검과 성수의 집게발이 부딪혔다.
아직 베지 못하는구나……. 하지만 이 열량으로 태워주지.
불꽃은 거대한 성수 전체를 휘감았다. 미숙한 참격은 닿지 않았다.
하지만 정신통일 스킬, 폭식 스킬의 변이로 인해 강화된 마법은 대미지가 들어가는 것 같았다.
몸을 크게 좌우로 흔들며 불꽃을 끄려 하는 성수.
성수는 그것만으로는 효과가 없다는 걸 본능적으로 이해한 순간, 모래 속으로 들어가기 시작했다.
"그렇게 두진 않는다."
아버지가 곧바로 흑창을 휘둘렀다.
보아하니 내가 공격하던 동안 힘을 모으고 있었던 것 같다.
아버지는 얼어붙을 것 같은 빛을 뿜어내며 창끝을 성수에게 겨누었다.

"얼어라."
무색투명한 얼음이 성수를 구속하려는 듯이 단숨에 나타났다.
이렇게 많은 얼음은 대기에서 얻을 수가 없다.
얼음을 소환했다고 해야 할 것이다. 나는 이렇게 강한 마력을 띤 얼음을 알고 있다.
흑검으로 베기만 해서는 파괴할 수가 없었던 얼음이다.
고온으로 달구어진 다음 순식간에 얼었다. 그 급격한 온도 변화로 인해 성수의 외골격에 수많은 균열이 생겨났다.
『꽤 하는구나! 페이트! 노린 거냐?』
"윽……, 그렇지."
딱히 칭찬하는 것 같지 않은 그리드의 말을 듣고 일단 그런 걸로 해두기로 했다.
그렇구나……, 그렇게 되기도 하는구나. 한 가지 배웠다.
움직이지 않게 된 성수에게 나와 아버지가 추가 공격을 날렸다.
"페이트, 꼬리의 침을 조심해라."
"굳이 말하지 않아도 알아."
"집게발이나 꼬리 자체는 신경 쓰지 마라. 저건 얼마든지 재생되는 도마뱀의 꼬리나 마찬가지다."
나와 에리스, 록시가 함께 싸웠던 전법과는 정반대였다.
우리는 걸리적거리는 집게발과 꼬리부터 공격했기 때문이다.
결국 성수는 다크니스를 흡수해서 매우 쉽사리 회복해버렸다.
아버지는 성수를 잘 알고 있다…….
"그래도 꼬리의 독은 조심해라. 저 독은 약간만으로도 나조차 해치울 수 있으니까."

"그래, 알았어."

마치 독에 당한 적이 있는 것처럼 씁쓸한 말투였다.

나는 화염검으로 갈라진 몸통을 찔렀다. 손맛이 느껴졌다.

갑자기 성수가 몸을 틀려 했다. 하지만 얼음으로 구속당한 상태라 도망칠 수가 없었다.

"꼴사납구나, 스노우. 그때 진 빚은 이번에 갚으마."

아버지는 그렇게 중얼거린 다음 마력을 담은 흑창으로 몸통을 찔렀다.

그 위력은 내 공격과 비교도 할 수 없을 정도로 강했다.

그렇게 거대한 성수의 몸통이 기역 자로 크게 구부러져 버렸으니까.

게다가 그 충격으로 인해 얼음에 구속된 상태까지 풀려버렸다.

성수의 집게발과 꼬리는 무참히 찢어진 상태였다.

얼음에 구속된 상태에서 아버지의 공격을 받았기 때문일 것이다.

강하다. 게다가 아버지는 온 힘을 다해 싸우는 것 같지도 않았다.

성수는 중상을 입었는지 제대로 움직일 수도 없었다.

하지만 아버지는 멈추지 않았다. 흑창을 겨누고 날카롭게 성수의 옆구리를 가격했다.

"겨우 이 정도냐……, 스노우."

성수가 굉음을 내면서 모래 위를 굴러갔다.

보아하니 이제 성수에게는 싸울 힘이 남아 있지 않은 것 같다.

나도 아버지를 따라 성수를 쫓아가다 보니 이변이 일어났다.

거대한 성수가 갑자기 사라진 것이다.

"어?"

아버지는 깜짝 놀란 나를 놔두고 천천히 걸어갔다.

그리고, 아버지가 멈춰 선 곳에는 머리카락이 붉은 소녀가 쓰러져 있었다.

온몸에 상처가 잔뜩 나 있었고, 군데군데에서 피를 흘리고 있다.

설마 성수가 인간(?)이었을 줄은 몰랐다.

아버지는 그 소녀 곁으로 다가가 흑창을 들어 올렸다.

"어려진 모습을 보니……, 역시 힘을 상당히 잃은 모양이로군. 다시 저쪽에 가 있어라."

목표는 심장. 확실하게 죽일 셈이다. 무표정하게 휘두르는 흑창.

다음 순간……, 나는 그것을 흑검으로 막고 있었다.

"페이트, 어쩔 셈이지?"

"아버지……."

불꽃을 튀기며 서로 밀어내고 있는 흑창과 마검.

나는 아버지를 보며 고개를 저었다.

소녀의 얼굴을 본 이상, 도저히 숨통을 끊을 수가 없었기 때문이다.

"울고 있는 아이를 죽일 수는 없어. 못 본 척할 수도 없고."

그녀는 감고 있던 눈 사이로 눈물을 흘리고 있었다. 목숨을 구걸하려는 게 아니다.

이성을 잃고 날뛰다가 싸워서 의식까지 잃었는데 그런 눈물을 흘릴 수 있을까.

나는 한동안 아버지와 서로 노려보고 있었다.

"마음대로 해라."

포기한 듯한 목소리와 함께 흑창의 무게가 사라졌다.

아버지는 떠날 때 뒤쪽을 돌아보면서 내게 말했다.

"네 그런 구석은 정말 네 엄마를 닮았구나. 그 녀석의 이름은 스노우. 그 땅으로 통하는 문의 영향으로 나처럼 부활한 것 같구나. 싸워본 느낌으로는 아무래도 힘을 대부분 잃은 것 같다. 아마 그 영향으로 폭주해버린 거겠지. 그래도 미리 말해두마. 페이트……, 성수는 네 적이다. 그것만큼은 명심해두거라."

아버지는 내 대답을 기다리지도 않고 떠나갔다. 그리고 중간에 에리스를 돌봐주고 있던 록시에게 가서 뭔가 이야기하고 있었다.

잠시 후 아버지는 사막에서 자취를 감추었다.

나는 스노우라는 붉은 머리 소녀 옆에 앉았다.

싸우다 지치기도 했기에 뜨거워진 몸에 차가운 밤바람을 맞으며 쉬었다.

성수와의 싸움이 끝나자 그렇게 잔뜩 있던 다크니스들도 사라졌다. 들리는 건 모래가 바람에 흘러가는 소리뿐이었다.

호흡이 가라앉았을 즈음 록시가 에리스를 데리고 내가 있는 곳으로 왔다.

"페이, 괜찮아요?"

"그래, 보면 알겠지만 멀쩡해. 에리스는?"

"진정하신 것 같긴 한데……, 별로 좋은 상태는 아닌 것 같아요."

"그렇구나."

록시는 나를 보고 있다가 붉은 머리 소녀를 돌아보았다.

뭘 궁금해하는 건지는 대충 짐작이 갔기에 내가 설명했다.

"좀 전까지 싸우던 성수, 이 아이의 이름은 스노우라는 것 같아. 그리고 아버지와 아는 사이인 것 같고."

"저도 멀리서 보고 있었어요. 설마……, 인간 모습이 되다니. 게다가 이렇게 어린 아이로……."

"외모가 어릴 뿐이고 알맹이가 어떤지는 모르지. 마인도 외모와 달리 나이가 많고."

나는 록시에게 에리스를 데리고 먼저 리슈아의 저택으로 돌아가라고 말했다.

의식을 잃은 스노우를 데리고 갈 수는 없기 때문이었다.

깨어나서 다시 성수가 된다면 도시가 괴멸될 것이다.

"여기서 하룻밤을 지내면서 스노우가 깨어날 때까지 기다릴 거야. 만약 말이 통하고 우호적이라면 도시로 데리고 갈게."

"만약에 우호적이지 않다면요."

"그건……, 그래도 어떻게든 될 것 같다는 생각이 들거든."

성수가 싸웠던 방식은 생존본능 같은 것이었다. 악의가 느껴지지는 않았다.

정신을 잃은 채 흘린 눈물을 보니 록시가 걱정하는 듯한 위험이 느껴지진 않았다.

어찌 됐든 아버지에게서 스노우를 감싼 시점에서 이미 정해져 있었다.

내가 책임을 지고 그녀를 돌봐야만 하는 것이다.

그리드가 《독심》 스킬을 통해 어이없어하며 말했다.

『네 독특한 취향도 참 곤란하단 말이지. 상대는 성수라고!』

"책임은 질 거야."

『무슨 뜻인지 알고 말하는 거냐?』

"그래……, 충분히 이해하고 있어."

아버지도 그걸 느꼈기 때문에 스노우를 살려준 것일 테고.

어떻게 해볼 수 없는 때가 오면 내가 확실하게 책임을 질 것이다.

성수는 강대한 힘을 지니고 있으니 말만 번지르르하게 할 순 없다.

록시와 에리스가 떠난 사막에서 조용히 스노우가 깨어나기를 기다렸다.

그러고 보니 미처 물어보지 못했다. 록시가 아버지와 무슨 이야기를 했는지.

평소에는 내가 물어보지 않아도 그런 건 그녀가 먼저 가르쳐 준다.

하지만 이번에는 아무런 말도 해주지 않았다.

제17화 망각의 스노우

타오르는 듯한 붉은 머리의 소녀.

소녀의 몸에 난 상처가 점점 낫기 시작했다. 자동 회복 스킬 같기도 했다.

싸울 때는 감정 스킬로 스테이터스만 확인할 수 있었고, 스킬까지는 알 수 없었다.

인간 모습인 지금이라면 어떨까?

뭐든 시험해볼 일이다. 《감정》 스킬을 발동시켜서 조사해 보았다.

"휴우~……."

참다못한 그리드가 말을 걸었다.

『왜 그래? 한숨이나 쉬고.』

"마인 때하고 마찬가지야. 감정 스킬이 전혀 통하지 않아."

아론에게 배운 감정 스킬의 무효화 기술이 아니다. 그건 스킬을 발동한 것과 동시에 강한 마력을 내뿜어 방해하는 기술이었다.

방금은 그냥 볼 수가 없는 상황이었다.

은폐 스킬로 가리고 있는 것도 아니다. 왜냐하면 그건 스킬만 숨길 수 있고, 또한 의식을 잃은 상태로는 계속 발동시킬 수 없기 때문이다.

"그렇다면……."

『감정 스킬이 통하지 않는 생물이라는 뜻이지.』

“생물이라고 하지 마. 그리드도 무기물이라고 하면 싫잖아.”

『하하하! 신기하군. 이 몸 걱정을 해주고 말이야. 그럼 좋은 걸 가르쳐 주마. 이 몸들은 이 녀석들을 성수인이라 불렀다. 대죄 스킬 보유자와 성수인은 아득히 먼 옛날부터 악연이 있었지. 그 녀석들에게 이 몸들은 가축이나 마찬가지였으니까. 그런 가축에게 물리고 나니 성수인들도 겁을 먹었겠지.』

“혹시 예전 폭식 스킬 보유자도 성수인들하고 싸웠어?”

『당연하지. 그 녀석이 시작한 싸움이었다.』

그리드는 먼 옛날 일이 떠올랐는지 조금 기쁜 듯했다.

올려다본 달에서 동쪽에 문득 눈에 익은 별이 보였다. 요즘 한층 더 빛이 강해진 라플라스라는 이름의 별이었다.

그리드와 저 별을 본 게……, 가리아의 녹색 대계곡에 가려 했던 때였는데. 저 별을 보니 왠지 폭식 스킬이 꿈틀댔던 걸 기억하고 있다.

그리고 지금도 마찬가지로 폭식 스킬에 움직임이 느껴졌다. 뭔가 영향이 있는 건가?

그리드는 성수인과의 싸움을 예전 폭식 스킬 보유자가 시작했다고 했다.

“이봐, 성수인과의 싸움은 어떻게 되었어?”

라플라스의 별을 보면 내가 이렇게 되어버리는 이유를 일부라도 알 수 있을지도 모르니까. 그리고 싸움이 어떻게 결판났는지 알고 싶기도 했다.

『이렇게 되었지.』

“뭐?! 그게 무슨 소린데.”

그리드는 누워 있는 성수인 스노우를 말하는 것 같았다.

하지만 그것만으로는 잘 알 수가 없다.

『이런, 이런.』

"뭐야. 곤란하게 만드는 어린애 취급하지 말라고!"

『어라? 아버지에게 어린애 취급 당한 걸 아직도 신경 쓰고 있었냐?』

"그런 게 아니라."

『발끈하면 스스로 그랬다고 자백하는 거나 마찬가지다.』

이 녀석!! 사람이 중요한 걸 물어보려고 하는데…….

『삐지지 마라, 삐지지 마. 싸움의 결과는 양쪽 다 타격을 입었다고 할 수 있지. 상대편도 많은 것을 잃었고, 이쪽도 비슷할 정도로 잃었다. 그 싸움에서는 현상 유지에 성공했다고 할 수 있지.』

"어째서 스노우를 보고 이렇게 되었다고 한 거야?"

『그 이후로 성수인들끼리 싸움을 벌인 모양이다. 이 몸들은 스노우를 쓰러뜨리지 않았다. 하지만 그 땅으로 통하는 문의 힘으로 되살아났지. 그 결과를 생각하면 그런 것 아니겠냐.』

그렇구나……, 아니! 그렇게 중요한 걸 '이렇게 되었다'라고 요약하는 녀석이 어디 있어?!

너무 생략해서 어이가 없다.

그건 그렇고 성수인들에게 우리는 가축인 건가……. 그리드가 한 말이 사실이라면 대죄 스킬 보유자들은 성수인들의 압정으로부터 해방되기 위해 싸운 것 같다.

아무래도 그 싸움은 결판이 나지 않은 것 같고.

지금 문제는……, 성수인들끼리 싸움을 벌였다고 추정되는 스노우다.
어떤 식으로 내부분열을 일으킨 걸까.
대죄 스킬 보유자와 적대시하는 사상을 가지고 있다면 문제가 심각하다.
깨어난 뒤에 다시 싸움을 벌이지 않았으면 좋겠는데.
흑검을 쥐고 언제든 싸울 수 있게끔 경계했다.
적인가? 아군인가? 그런 물음은 스노우가 깨어나자 전부 물거품이 되어버렸다.
그녀는 천천히 눈을 뜨더니 드러누운 채 밤하늘을 계속 바라보고 있었다.
그리고 입을 벌리고 처음 한 말은.
"여기……, 어디야?"
그런 말이었다. 적의가 있는 것 같지는 않았다. 아직 꿈을 꾸고 있는 것처럼 초점이 제대로 맞지 않았다. 그녀가 한 말은 곁에 있던 내게 한 말 같았다.
"성기사 리슈아가 다스리는 영지 안에 있는 멸망의 사막이라 불리는 곳이야."
"멸망의 사막……, 당신은?"
"나는 페이트 바르바토스. 너는 스노우지?"
"스노우?"
자기 이름을 들은 그녀는 고개를 갸웃거렸다.
어?! 어떻게 된 거지? 엄청 고민하고 있는데.
"내가 스노우라고? 음……."
"혹시 자기 이름을 모르겠어?"

"……응. 아무것도 몰라."

"이름 말고 다른 기억도 없어?"

"응! 아무것도 기억 안 나!"

천진난만한 미소를 지으면서 말해봤자 곤란한데.

음, 어떻게 할까.

소용이 없을지도 모르지만, 스노우에게 손을 대고 《독심》 스킬을 발동시켰다. 마음을 읽히는 쪽인 그녀는 뭘 하는지 모르는 모양인지 그냥 내버려 두고 있었다.

역시 감정 스킬과 마찬가지로 스노우에게는 효과가 없다.

당황한 나는 그리드에게 의논해 보았다.

"어떻게 생각해?"

『이 몸이 보기에도 스노우가 거짓말을 하는 것 같진 않군. 시험삼아 나를 가져다 대고 스노우에게 대답하게 해봐라. 심박수의 변화를 통해 거짓말을 하는 건지 판단해주마.』

"알았어."

순진한 소녀──, 스노우는 내가 말한 대로 그리드 자루 부분에 손을 살짝 대고 내 질문에 대답했다.

그리드에게 결과를 물어보았는데, 거짓말이 아니라고 대답했다.

『전혀 변화가 없던데.』

"거짓말을 하는 게 아니라는 건가……, 기억상실이겠지?"

『아마 그런 것 같군. 그렇다면 폭주 상태였던 것도 설명이 되지.』

아버지가 말했었다. 불완전한 상태로 부활해 버렸다고.

그 때문에 기억을 잃고 힘을 제어하지 못한 채 폭주해버렸는지도 모르겠다.

기억상실이라……. 이런 상태로는 적인지, 아군인지, 안전한지, 위험한지……, 판단을 할 수가 없다.

『어떻게 할 거냐? 내버려 두고 갈 거냐?』

"그럴 순 없어. 다시 폭주하지 않게 하기 위해서라도 데리고 가야지."

『그렇게 말할 줄 알았다. 그럼 돌아가자! 이 몸을 손질해야 하니까.』

"그리드는 보기와는 달리 깔끔한 걸 좋아한단 말이지."

『최고의 검에는 그에 맞는 대우를 해줄 필요가 있는 법이다!』

처음 만났을 때는 꾀죄죄했던 주제에, 말은 잘한다니까.

나는 여전히 누워있던 스노우를 안아 들었다.

그녀는 저항하지도 않고 내게 몸을 맡겼다.

이 아이도 그리드보다 더 더러워졌네.

돌아가면 리슈아에게 부탁해서 목욕할 준비를 해달라고 하는 게 낫겠다.

조용해진 사막을 걸어갔다.

스노우는 내 품속에서 말없이 바람에 흘러가는 모래를 바라보고 있었다.

겉으로 드러난 상처는 나은 것 같지만, 몸을 기운차게 움직일 수 있게 되진 않은 것 같았다.

아버지와 함께 성수 모습이었던 그녀를 마구 공격했었다.

사막을 어지럽히던 잘못이 있었다고 해도, 조금 껄끄러운 느낌이 들었다.

그래서 스노우에게 알아서 걸어가라는 말을 할 수가 없었다.

겨우 도시가 보이기 시작했고, 더 나아가 보니 바깥쪽 문에 사람이 있었다.

록시가 마중해주기 위해 바깥쪽 문에서 기다려준 모양이었다.

"다행이네요. 잘 풀린 것 같아요."

"그렇게 됐어."

록시는 스노우를 보면서 방긋 웃었다. 그리고 껄끄러운 표정을 지으며 말했다.

"사실 여기에서 전투가 벌어졌을 때를 대비해서 감시하고 있었어요."

"신경 쓰게 해서 미안해. 보면 알겠지만 이 애에게는 적의가 없어. 지금까지는."

"지금까지는, 이라뇨?"

나는 스노우가 기억을 잃었다고 이야기했다.

그로 인해 원래 그녀의 사고가 사라졌다. 그래서 어떻게 판단해야 할지 보류하고 있는 것이다.

"알겠습니다. 페이와 그리드 씨를 믿을게요. 그런데……, 가능하다면 스노우를 소개해주셨으면 하는데요……."

"그래. 스노우, 내 동료인 록시야."

"잘 부탁해요. 기억이 없어서 힘들겠지만, 곤란한 일이 있으면 말씀해주세요."

나는 알고 있다. 록시는 아이들을 좋아한다.

아이들이 잘 따르는지 여부는 다른 문제지만, 아무튼 곤란한 상황에 처한 아이를 보면……, 특히 그녀 마음속에 있는 무언가가 자극되는 것 같다.

예전에 왕도에서 미아를 발견했을 때는 어떻게든 해줘야겠다며 기백으로 가득 찬 표정으로 다가가서 아이를 울려버렸다.

그렇다……. 지금도 그때와 똑같은 표정을 짓고 있다.

뭐, 그러니 스노우의 반응도 예측이 되었다.

"무서워! 페이트! 도와줘!"

봐, 내 말이 맞지! 또 이렇게 되었다. 그리고 록시의 반응도 예측이 된다.

"어어어?! 제가 무섭……나요."

매우 충격받고 풀 죽는 것이다.

이거……, 많이 풀 죽었는데. 성수와 싸우면서 지친 뒤에 더 힘이 빠진 듯한 느낌이다.

"어째서……, 아이들이 저를 무서워하는 걸까요."

"나한테 물어봐도 모르지."

"페이는 치사해요. 항상, 항상 아이들이 금방 따르잖아요. 진짜 치사해요."

원망스럽다는 듯이 나를 바라보는 록시.

그 모습이 더 무서운 느낌을 내는 것 같기도 하다.

어쩔 수 없지. 스노우가 록시에게 다가갈 수 있게끔 해줘야겠다. 앞으로 함께 여행을 하게 될 것 같으니까.

"스노우. 잘 들어."

"뭘?"

"록시는 무서운 사람이 아니야. 지금은 조금 무서울지도 모르겠지만, 사실 정말 자상한 사람이거든."

"그래?"

나를 끌어안은 채 겁을 먹고 있던 스노우.

겨우 이야기를 들어줄 것 같다. 그녀는 살며시 록시를 살펴보았다.

"역시 무서워!"

"뭐……. 페이……."

"내가 잘못한 게 아니잖아."

희망을 슬쩍 보여준 다음 다시 거부한다. 정말 힘들겠는데.

치켜세웠다가 떨어뜨리는 건 바람직하지 못하다. 마음의 대미지를 두 배 이상 입게 되어버리니까.

스노우는 록시에게서 숨으려는 듯이 나를 꽉 끌어안았다.

사이좋게 지내게 될 때까지 시간이 꽤 걸릴지도 모르겠는데.

매우 곤란하다. 록시는 나를 빤히 바라보며 말없이 압박을 가하고 있었다.

보아하니 에리스, 메밀과 만나게 하면 어떻게 될지…….

음~, 불안하기만 하다.

제18화 사후보고

저택에서 메밀과 리슈아가 맞이해 주었다.

"페이트 님, 해내셨군요."

"감사합니다! 이제 영지의 주민들이 안심하고 생활할 수 있겠어요."

둘은 이미 록시에게 이야기를 들었는지 기뻐하면서도 내게 달라붙어 있는 스노우가 신경 쓰여서 어쩔 줄 모르는 것 같았다.

이런 것에 흥미가 많은 메밀은 더 이상 참을 수 없다는 듯이 말했다.

"저기……, 그 아이가 그?"

"맞아. 여기에서는 이야기하기 껄끄러우니까……. 리슈아, 방을 빌려주면 고맙겠는데."

"알겠습니다. 이쪽으로 오시죠."

우리는 리슈아의 안내를 받아서 응접실로 걸어갔다.

"스노우, 이쪽으로 오렴!"

"싫어!"

"으으~, 또 실패했어요."

내 옆에서는 록시가 스노우와 사이좋게 지내고 싶어서 말을 걸고 있었지만 효과는 별로 없는 것 같았다.

오히려 스노우에게는 인상이 더 안 좋아진 것 같다는 느낌도 들었다.

하지만 포기하지 않는 록시. 응, 이건 나도 알겠다.

악순환이야!

그래도 스노우에게 싫다는 말을 들으면서도 싱글거리며 기뻐하고 있으니 내버려 두자.

그 모습을 본 리슈아와 메밀이 어떻게 대해야 할지 곤란하다는 듯한 표정을 짓고 있었다.

시끌벅적하게 떠들면서 겨우 응접실로 들어갔다. 그리고 자리에 앉기도 전에 메밀이 바로 물었다.

"그 아이가 멸망의 사막에서 마구 날뛰던 성수인가요?"

"그래, 일단 앉아서 이야기하자."

나는 리슈아와 마주 보는 형태로 앉았고, 무릎 위에 스노우가 폴짝 올라탔다. 그리고 옆자리에는 록시가 앉았다. 메밀은 록시 맞은편이다.

"몸집이 꽤 컸는데 지금은 이렇게 작네요. 붉은 머리카락이 정말 귀여워요."

"아무래도 이건 원래 모습이 아닌 것 같아. 그리고 기억도 잃었어. 깨어났을 때는 자기 이름조차 모르는 것 같았고."

"그랬군요. 그녀도 그 땅으로 통하는 문의 영향으로 부활해버린 건가요?"

"그런 것 같아. 그리드는 스노우를 성수인이라고 불렀어. 먼 옛날에 살았던 존재였던 것 같아."

"성수인이라고요……. 어디, 제게도 좀 보여주세요."

"이봐! 억지로 그러면 싫어할 거라고."

록시 때와 마찬가지다. 자리에서 일어난 메밀은 스노우에게 달려들었다.

너무 억지스럽게 다가서는 걸 보니……, 깨물어버릴지도 모르겠다.

그렇게 생각했는데 스노우는 메밀을 내버려 두었다.

“오오! 싫어하지 않는데요. 저를 잘 따라요! 그래, 그래. 착하다, 착해.”

“어어어어어?!”

나도 꽤 많이 놀랐지만, 나보다 소리를 더 크게 지른 사람이 있었다.

물론 록시였다.

이봐, 메밀은 잘 따른다니, 어떻게 된 거야?

메밀은 의기양양하게 스노우를 들어 올렸다가 내리는 동작을 반복하며 즐기고 있었다.

그 모습을 본 록시는 매우 충격을 받았다.

의자에 몸을 기대고 다시 풀 죽은 상태가 되었다. 정신적인 대미지가 생각했던 것보다 컸는지 거의 죽어가고 있었다.

그런 와중에 입을 다물고 있던 리슈아가 들어 올린 스노우를 보고 소리쳤다.

“여러분! 조용히 해주세요! 스노우의 옷 안쪽에 보이는……, 그건 뭔가요?”

“““응?!”””

필사적으로 가리키는 리슈아. 그녀가 가리킨 곳은 스노우의 하반신이었다.

잘 살펴보니 옷 안쪽에 꼬리 같은 게 힐끔 보였다.

뭐지? 모두 함께 들여다보았다.

""""전갈 꼬리다!""""

응, 인간에게는 이런 게 달려 있지 않다. 분명히 인간이 아니다.

그리드가 말했던 것처럼 성수인이라는 종족일 것이다.

들켜버린 스노우는 껄끄럽다는 표정을 짓고 있었다.

"나한테만 이런 게 있어서 창피하니까 숨겨버렸어."

보아하니 스노우는 기억을 잃고 불안했던 모양이다.

그래서 나와는 달리 전갈 꼬리가 있다는 걸 눈치챘을 때 어떻게 해야 할지 모르게 되어버린 것 같다.

메밀은 대담하게 손을 집어넣어서 전갈 꼬리를 만지고 있었다.

"단단한 것 같으면서도 감촉이 좋네요! 의외로 따스해요."

"으으으……."

"그만하라고!"

어린 소녀 같은 외모지만, 스노우는 E의 영역이다. 날뛰기 시작하면 이 저택 정도는 쉽사리 무너져버릴 것이다.

나는 메밀에게 앉아서 얌전히 있으라고 말했다.

"한참 좋을 때였는데, 아쉽네요."

"아쉬운 건 네 머리야. 문제가 생기면 책임지게 할 거라고."

"그건 싫으니까……, 얌전히 있을게요."

이제 안심이 된다. 휴우~, 정말.

메밀이 소중한 꼬리를 만져서 조금 곤란해하던 스노우도 슬슬 진정이 된 모양이었다.

이야기 진도를 나갈 수 있겠다 싶었는데, 이번에는 록시가 무언가를 욕심내는 듯이 우리를 보고 있네?!

"왜, 왜 그러는데?"

"으으으, 그건 제가 할 말이에요. 어째서……, 메밀은 괜찮은 거죠?"

그렇긴 하지. 록시는 만지게 해주지 않았다. 그러기는커녕, 내 뒤로 도망쳐버렸다.

하지만 메밀은 거의 그대로 내버려 두었다.

게다가 소중한 꼬리까지 싫어하면서도 만지게 해주었다.

그런 것들로 인해 나오는 답은…….

"록시 님께서 미움을 산 게 아닐까요?"

"윽."

나보다 먼저 대답한 사람은 리슈아였다. 얌전한 외모와는 달리 독설가인 것 같다.

설마 하던 사람에게 그런 말을 들은 록시는 어깨를 축 늘어뜨렸다.

아니, 나는 그런 말을 하고 싶은 게 아닌데.

그런데 이번에는 메밀이 자기 생각을 말했다.

"제가 이런 말을 하는 것도 좀 그렇긴 하지만, 이래 봬도 아이들은 저를 잘 따르지 않아요. 그런 저를 잘 따르는 건 페이트 님 때문이겠죠. 아마 제게 페이트 님의 냄새가 배어있기 때문 아닐까요?"

"그, 그게 무슨 소리죠?"

록시는 눈살을 찌푸리며 더 자세히 물었다.

그러자 메밀은 가슴을 펴고 의기양양한 표정을 지었다.

"같이 자니까 그렇죠. 그래서 페이트 님의 향기가 배어버린 거예요."

"뭐라고요?!"

그 말을 들은 록시가 울상을 지으며 내 어깨를 마구 때리고 따졌다.

잠깐만, 사실이긴 한데, 그게 아니야.

"내 피를 빨다가 지쳐서 그대로 같이 잠들어버렸을 뿐이잖아. 의미심장하게 말하지 말라고! 록시도 진정해!"

""네……""

이렇게 떠들썩한데 화제의 중심인 스노우는 내 무릎 위에서 잠들어버린 모양이었다.

귀여운 숨소리를 내면서 가끔씩 몸을 살짝 움직이고 있다.

전투로 인해 입은 대미지가 아직 몸에 남아있기 때문일 것이다.

우리가 마구 공격해댔으니까……, 푹 자라는 말밖에 할 말이 없다.

스노우의 머리를 쓰다듬으면서 록시와 다른 사람들에게 말했다.

"아마 메밀을 잘 따르는 건 내 피를 빨았기 때문일 거야. 나를 왜 잘 따르는 건지는 모르겠지만. 내 피를 얻은 메밀에게 끌리는 것 아닐까?"

"피라고요? 그렇군요……, 그렇다면 이해가 되네요. 저도 틈만 나면 페이와 달라붙어 있으니까 페이의 향기가 배었을 테니까요."

"이해해줘서 다행이야."

나는 가슴을 쓸어내렸다.

그래도 록시는 스노우가 잘 따라주길 바란다면서 메밀과 마찬가지로 피를 빨고 싶다는 말을 하진 않을 것이다.

하지만 록시가 내 목덜미를 보면서 무슨 생각을 했는지는 눈치채지 못한 척 해야겠다.

아무튼, 멸망의 사막에서 날뛰던 성수……, 그 문제를 해결했으니 리슈아가 다스리는 영지의 안전은 거의 다 개선되었다.

만에 하나를 대비해 이야기를 나눈 다음 다크니스가 남아 있지 않은지 확인하게 되었다.

나도 참가할 생각이다.

폭식 스킬의 굶주림을 채워주려는 목적도 있고, 스테이터스나 스킬을 얻어두고 싶었기 때문이다.

다룰 수 있는지 없는지는 둘째 치더라도 역시 스테이터스는 높을수록 좋다.

그리고 스킬이 많을수록 공격 수단도 늘어난다.

폭식 스킬과의 거리감은 확실하게 신경 써야 하지만, 그것 말고는 장점밖에 없다.

아버지와의 압도적인 힘의 차이를 알게 되었으니 더더욱 그렇다.

이야기가 끝나갈 무렵, 리슈아가 다크니스 잔당 사냥을 가기 전에 대욕탕을 이용하는 게 어떠냐고 제안했다.

"다들 피곤하신 것 같으니 몸을 씻으시는 게 어떨까요. 그런 다음 잔당을 사냥하러 가시죠. 물론 그때는 저도 참가하겠습니다. 다크니스라면 저도 싸울 수 있을 것 같으니까요."

"저요! 저요! 그럼 저도 참가하고 싶어요. 사실 쉬고 계신 에리스 님께 허가를 받아두었거든요!"

"준비성이 좋네."

"에헴! 이래 봬도 바르바토스 가문의 메이드니까요! 주인님께 도움이 될 수 있게끔 밤낮으로 노력하고 있죠. 그러니 피곤하신 록시 님께서는 쉬고 계셔도 괜찮답니다."

성수와 싸울 때는 혼자 남았던 메밀이 잘됐다는 듯이 나섰다.

그때는 미소를 지으며 배웅해주었는데, 사실 따라오고 싶었던 모양이다.

엄청나게 까불어대는 걸 보니 조금 짜증이 난다.

뭐, 왕도에 있을 때도 메이드로서 일을 열심히 하기도 했으니 가끔은 괜찮을 것 같다.

그리고 그런 말을 들은 록시는 '끄으으으'라고 할 것 같은 느낌이다.

"아뇨, 저도 아직 싸울 수 있어요. 저는 다크니스와 실전을 벌이기도 했고요. 초보인 메밀에게 가르쳐드릴게요. 물론 처음부터 말이죠."

"감사합니다, 록시 님. 기대되네요."

"후후후, 저도 기대되네요."

왠지 두 사람이 까만 오라를 뿜어내고 있는 것 같은데.

옆에 있던 리슈아가 어떻게 말려야 할지 몰라서 안절부절못하고 있잖아.

곤란해하다가 결국 나를 보고 있고.

록시와 메밀을 말리라고?! 하하하……, 농담도 심하시네…….

어서 목욕을 하러 가는 게 낫겠다.

"그럼 목욕하러 가야겠다. 리슈아, 안내해줄래?"

"네, 이쪽이에요."

나는 자고 있던 스노우를 안고 일어서려 했다.
그러자 스노우가 방금 한 '목욕'이란 말을 들었는지 소리쳤다.
"목욕! 나도 할래애!"
"그래, 그래."
"얼른! 얼른!"
스노우가 신이 난 것 같으니 서둘러야겠다. 날뛰기라도 하면 큰일이야!
우리는 재빨리 방을 나섰다. 그러자 록시와 메밀이 쫓아왔다.
"페이!"
"페이트 님!"
돌아보진 않았다.
등에서 신이 나서 마구 움직여대는 스노우 때문에 힘들었기 때문이다.
역시……, E의 영역이다. 내가 일대일로 돌봐주지 않으면 큰일이 벌어지겠는데.
지나치던 하인들이 떠들썩한 우리를 보고 깜짝 놀라 길을 비켜주었다.
이 정도로 떠들썩하게 목욕하러 가는 손님도 별로 없을 것이다.
그러던 와중에 영주에게 직접 안내를 받으며 대욕탕 앞에 도착했다.
"여기입니다. 사실 제가 관리하게 된 뒤로 대욕탕만은 손을 좀 봤어요. 전 영주 란체스터가 쓰던 목욕탕은 좀 껄끄러워서요……."
그 말을 듣고 맞장구를 치는 여자 일행들.
응, 그렇구나……. 란체스터는 여자 성기사들에게 꽤 미움을 많이 샀던 것 같다.

보아하니 침실이나 식당 같은 곳도 여러모로 개축했을 것 같은데.

자, 대욕탕으로 들어가 볼까!

제19화 화려한 대욕탕

대욕탕은 남탕과 여탕으로 확실하게 나뉘어 있었다.
딱히 혼욕을 하고 싶었던 건 아니다.
록시 같은 사람들과 같이 목욕을 하다니, 말도 안 된다.
최근에는 고블린 샤먼 때문에 록시와 몸이 바뀌어 버리기도 했다.
그때도 마음속으로는 정말 두근거렸으니까.
그때는 록시의 알몸을 보지 않게끔 정말 조심했다.
이래 봬도 마음가짐은 신사다.
옷을 벗고 대욕탕으로 들어갔다.
이번에는 그리드도 들고 왔다. 평소에는 두고 오지만, 싸운 뒤에 깔끔하게 손질해주지 않으면 시끄럽게 구는 흑검이기 때문에 목욕하는 김에 닦아줄 생각이었기 때문이다.
"너무 넓잖아……."
나도 모르게 그런 말이 나올 정도였다. 바르바토스 가문 저택에 이제야 개축한 욕탕의 네 배 정도는 되는데!
온 힘을 다해 수영해도 주위 사람들에게 폐가 되지 않을 것 같다. 몸을 씻는 곳은 마흔 명 정도가 동시에 이용할 수 있을 것처럼 보인다.
『이 몸에게 딱 맞는 목욕탕이로군. 이 정도는 되어야 목욕을 했다고 할 수 있지.』

그리드는 신이 난 것 같은데, 그래도 너무 넓잖아! 리슈아가 손을 좀 봤다고는 했는데 매우 넓게 개축한 거 아닐까?

얌전한 것 같으면서도 신경 쓰이는 부분에는 확실하게 손을 보는 성격일지도 모르겠다.

"사치스러운 목욕탕이네. 건너편 벽이 김 때문에 보이지 않다니, 이런 경우는 처음이야."

『모처럼 성기사, 그것도 5대 명가 중 하나인데……. 가난뱅이 같으니!』

"이런 사치는 내 성격에 안 맞는 것뿐이야. 내게 분에 넘친다는 건 나도 잘 안다고."

『흥, 네가 그렇게 생각한다면 됐다. 그래도 모처럼 사치스러운 목욕탕에 왔으니 즐겨야겠지?』

"……맞아."

탕에 들어가기 전에 몸에 묻은 모래를 씻어냈다. 자그마한 모래는 아무리 조심해도 옷 틈새로 들어오니까 귀찮다.

목욕탕이 너무 큰 나머지 내 마음속에 있던 동심이 끓어올랐다. 그래서 높게 뛰어서 탕에 들어갔다.

그 결과, 생각했던 것보다 물보라와 소리가 크게 나버렸다.

『어린애냐!』

"나 혼자 있으니까 이 정도는 괜찮잖아."

그리드와 이러쿵저러쿵 다투고 있자니 벽 위에서 목소리가 들렸다.

"페이, 탕에 뛰어들면 안 돼요!"

"그렇게 어린애 같은 행동은 바르바토스 가문의 당주로서 꼴사

나운 짓이에요!"
"소중한 목욕탕이니 절도있게 행동해주시길 부탁드립니다!"
어어?! 록시, 메밀, 리슈아의 목소리가?!
나는 목소리가 들린 벽을 올려다보았다. 보아하니 이 벽을 경계 삼아 대욕탕을 남탕과 여탕으로 구분해둔 모양이었다.
위쪽 공간이 트여있기 때문에 이렇게 이야기도 나눌 수 있는 것 같다.
시험 삼아 나와 떨어지는 것을 싫어하던 스노우에 대해 물어보았다.
"미안해. 다음부터는 조심할게. 그건 그렇고, 스노우는 얌전히 있어?"
"조용하네요."
스노우를 데리고 있는 것 같은 메밀이 대답했다. 다행이다, 다행이야.
여탕에서 날뛰기 시작하면 큰일이니까.
"자, 스노우. 페이트 님께서 저쪽에 계세요."
"정말? 저 벽 너머에 있어?"
"그래, 있어."
그렇게 대답하자 스노우의 활기찬 목소리가 들렸다.
응, 괜찮은 느낌이다. 그렇게 생각하고 있었는데?!
"그럼 그쪽으로 갈래!"
"흐앗?! 무슨 짓을?!"
여자 일행들의 비명 같은 목소리가 들린 것과 동시에 여탕과 남탕을 막고 있던 벽에 커다란 구멍이 뚫렸다.

물론 그런 짓을 한 것은 스노우였다.

스노우가 방글방글 웃으면서 내게 달려들었다.

"이제 함께 있을 수 있어!"

"이……, 이게 무슨 짓이야."

나는 뻥 뚫린 구멍 너머를 바라보았다.

그곳에는 아무것도 걸치지 않은 그녀들이……, 있었다.

""""꺄아아아아아아아아악!""""

곧바로 뒤로 돌아섰지만 그녀들의 알몸이 머릿속에 새겨져 버렸다. 눈 깜짝할 새에 체온이 올라가는 게 느껴졌다. 결코 목욕탕에 들어와서 그런 게 아니다.

"……미안해."

"아뇨, 이건……, 스노우가 벽을 부쉈기 때문이에요. 페이가 잘못한 게 아니죠."

불가항력이라고는 해도 알몸을 봐버렸다. 록시는 용서해주었지만.

"너무해요. 제 알몸을 보다니……."

"이봐, 목소리에 웃음이 섞였는데. 놀리는 거지?"

"그렇지 않아요. 이렇게 된 이상 페이트 님과 함께 목욕을 할 수밖에 없겠네요."

"이상하잖아. 그냥 화를 내는 게 더 낫겠다고."

구멍 쪽을 힐끔 보자 메밀이 진짜로 이쪽을 향해 오고 있었다.

말도 안 돼……. 도망치려 했지만, 스노우가 나를 꽉 끌어안고 있어서 몸이 거의 움직이지 않았다. 이런 상황에서 E의 영역의 힘을 쓰지 말라고!

"페이트……, 안 놓칠 거야."

"하필이면 이럴 때 너까지 이러기야? 스노우."

도망칠 곳은 없다. 남탕으로 망설임 없이 쳐들어오는 메밀. 마치 사냥감을 찾고 있는 사냥꾼 같은 눈빛이다.

"아까 창피해하던 모습은 어디 간 거야!"

"이미 보여버렸으니 어쩔 수 없죠. 페이트 님께서도 마찬가지로 부끄러움을 경험해주셔야겠어요!"

"나를 곤란하게 하면 그렇게 재미있어?"

"네!"

멋진 대답이다. 아주 시원스러울 정도로……, 멋진 대답이었다.

메밀은 내가 곤란해할 때 정말 생기가 넘친단 말이지. 피를 빨 때는 특히 그런 모습을 보여주곤 한다.

이대로 가다간 메밀의 페이스에 밀리게 된다.

스노우 때문에 움직일 수도 없고.

그때 나타난 사람이 록시였다.

"기다리세요! 메밀!"

"이번만은 싫어요. 그럼 먼저 갈게요."

"이봐요! 기다리세요!"

보아하니 막지 못한 것 같다.

다시 그녀들이 있는 방향을 보니 알몸인 록시까지 메밀을 따라서 오고 있네?!

상황은 악화되기만 하고 있었다.

"으아아아아, 안 돼요. 여러분, 이런 곳에서는 안 돼요."

뒤에서는 리슈아까지 반쯤 울먹이며 따라오는 중이었다.

보아하니 지금 상황을 머릿속에서 제대로 처리하지 못하고 일단 따라오고 있는 것 같은 느낌이다.

"결국 다 같이 오는 거냐고!"

내 외침은 그녀들이 일으킨 물보라 소리에 쉽사리 묻혀버렸다.

"페이트 님!"

"기다리라고 했잖아요!"

"으아아아아."

"다들! 멈춰!"

멈출 리가 없었고……, 셋이서 동시에 나를 향해 다가왔다.

그리고 메밀, 록시, 리슈아가 뛰어들었다.

김을 피우며 나타난 커다란 물기둥. 완전히 엉망진창이야!

그 뒤로는 느긋하게 목욕을 하는 건……, 불가능했다. 그리드는 일찌감치 내 손에서 떨어져 나가서 목욕탕 바닥에 방치되어 있었다. 원망스러운 목소리가 들리는 것 같다.

뭐, 그 녀석이 어떤 의미로는 목욕을 제일 즐겼을지도 모르니까 그냥 넘어가자.

우리 모두가 마구 소란을 피우다가 열이 올라버렸기 때문이다.

휘청거리면서 탕 바깥으로 나가려던 참에 위쪽에서 귀에 익은 목소리가 들렸다.

"너희들 지금 뭐 해? 자고 있던 나를 제쳐두고 재미있는 걸 하고 있는 것 같은데."

"에리스……."

말도 안 돼. 하필이면 이럴 때, 이렇게 약해졌을 때……, 가장 위험한 색욕 씨가 와버렸다.

이 녀석만큼은 위험해!

저쪽에서 삶아진 채 둥둥 떠 있는 메밀은 반쯤 장난으로 그런 거였다.

하지만 이 녀석은 진짜야! 너무 위험하다고!

"그건 됐고, 다들 열이 올라버렸어. 데려가 줄래?"

"그래."

"오오, 도와주려는 거야?"

"나도 참가해야지!"

아아아아아앗! 기대한 내가 바보였다.

에리스는 신이 나서 몸에 두르고 있던 수건을 벗어 던졌다.

머리가 몽롱해져서 에리스의 알몸을 보고 있을 여유조차 없는 상태다.

하지만 약간이나마 남아있던 사고능력을 일깨웠다. 잘 생각해 보니 에리스……, 네가 들어온 곳은 남탕이잖아.

그 시점에서 이미 이상하다고.

처음부터 내가 들어온 남탕으로 올 생각이었던 거잖아.

"젠장!"

"어라, 어라, 그렇게 기뻐?"

"왜 그렇게 긍정적으로 생각하는 건데!"

안 되겠다. 에리스 상대로는 승산이 없다. 성수와 제대로 싸우지 못해서 그런지……, 스트레스가 꽤 많이 쌓인 것 같다.

그런 울분을 내게 풀려는 거냐!

젠장, 도와줄 만한 록시나 리슈아도 열이 올라서 탕에 떠다니고 있다.

스노우는 여전히 내게 달라붙어 있고. 진짜, 지옥 같은데.

밑져야 본전이니 스노우에게 물어봐야겠다.

"도와줘."

"페이트, 열이 오른 것 같아."

"그야 그렇겠지!!"

안 되겠다. 정말 안 되겠다.

스노우는 그 말을 남기고 내게서 떨어진 다음 탕에 떠다니기 시작했다.

"보아하니 성수인도 저렇게 되면 소용이 없구나. 이제 내 천적은 다 사라졌다는 거지."

"진정하라고."

"괜찮아! 괜찮아! 내가 만족한 뒤엔 모두를 탕에서 건져내 줄 테니까……."

나는 에리스의 목소리가 멀어지는 걸 느꼈다.

보아하니 나도 완전히 열이 올라버린 모양이다.

가능성은 희박하겠지만, 이제 에리스에게 어떻게 좀 해달라고 할 수밖에 없다.

부탁할게. 나는 에리스를 믿는다고.

*

시원한 물건이 머리 위에 얹혀 있다.

그게 기분이 좋아서 계속 자고 싶다. 졸음 속에서 의식이 점점 선명해지기 시작했다.

볼을 쓰다듬어주는 따스한 손도 대조적이지만 마찬가지로 기분이 좋았다.

천천히 눈을 떠보니 나는 손님용 침실에 누워 있었다.

"이제 깨어난 모양이구나. 성수와 싸울 때 꽤 무리를 했으니까 어쩔 수 없지."

"에리스……, 데려다줬구나."

그렇게 말하자 그녀가 볼을 부풀리며 화를 냈다.

"유감이네. 너희를 탕에서 건져낸 다음에 메이드들을 불러서 옷을 입히고 침실로 데려오게 했단 말이야."

"고마워. 뭐야……, 나는 또."

"아하하, 아무리 나라도 그 정도는 확실히 한다고. 열이 오른 아가씨들을 그냥 내버려 둘 수는 없잖아."

"그렇구나. 말을 그렇게 해서 미안해."

그러자 에리스는 씨익 웃었다.

"페이트에게 아무 짓도 안 했다는 말은 안 했는데?"

"뭐?!"

새끼 악마다. 창문으로 스며드는 달빛 때문에 에리스는 매우 요염한 분위기를 풍기고 있었다.

"대체……, 무슨 짓을 한 거야."

나는 침을 삼키며 에리스가 대답하길 기다렸다.

그녀는 뜸을 들이며 한마디, 한마디 말하기 시작했다.

"메이드들에게 록시하고 다른 사람들을 데리고 가라고 한 다음에 모두 나가라고 하고 나와 알몸인 페이트만 남았지."

"그래서?"

"그래서 네게 옷을 입혀줄 사람이 없어져 버렸거든."

모두 나가라고 한 게 너잖아! 왜 그렇게 어쩔 수 없다는 분위기로 말하는 건데?

"나는 너를 탕에서 건져낸 다음에 수건으로 온몸을 정성껏 닦아줬고, 옷을 꼼꼼하게 입혀줬어. 그리고 조심히 여기까지 데리고 온 다음에 침대에 살며시 눕혔지. 그리고 계속 네가 잠든 모습을 보고 있었어."

"……하고 싶은 대로 다 하네."

"고맙다는 인사는 필요 없어. 내가 여러모로 즐겼으니까."

"의미심장하게 말하지 말아줘. 어차피 방금 말한 것만 했을 거 아냐. 이러쿵저러쿵해도 에리스와 꽤 오래 지내고 있다고. 그런 녀석이라는 것 정도는 알게 되었거든."

테트라의 야경을 보면서 자신의 과거에 있었던 악연에 대해 가르쳐줬을 때 느꼈다.

에리스는 평소에 종잡을 수 없는 모습을 보여준다. 하지만 아무리 오랜 세월을 살아왔다 해도 자신의 약한 모습이라는 굴레에서 벗어나지 못하고 있었다.

나는 그녀의 고백을 듣고 나와 마찬가지로 약한 모습을 지니고 있다는 생각이 들어 안심했다.

그리고 지금까지보다 더 그녀의 힘이 되어주고 싶다는 생각이 들었다.

그런 와중에, 나도 에리스를 더 알고 싶다는 마음이 커졌다.

말로는 나를 놀려대긴 해도 제대로 생각해주는 사람이라는 걸 알았기 때문이다.

달빛에 비친 에리스는 확실하게 알 수는 없지만, 약간 부끄러워하는 것처럼 보였다.

"영광인데? 그래도 다행이야. 성수하고……, 성수인하고 싸워서 이겼으니까. 나는 걸리적거리기만 했고. 미안해."

"그러기 위해서 파티를 짠 거잖아. 신경 안 써."

"고마워, 페이트. 내가 아직 말하지 않았던 건데……."

무슨 말인지는 대충 짐작이 되었다.

"에리스와 악연이 있는 적……, 라이브라는 성수인인 거지? 그래서 싸우다가 떠올라서 영향을 받아버린 거고."

"눈치가 빠르구나. 맞아. 하지만 스노우는 나와 무슨 일이 있었던 게 아니야. 아니, 처음 만난 거지. 성수인도 사정이 복잡한 모양이니까. 그때는 순수하게 스노우를 통해서 라이브라를 떠올려버린 것뿐이거든."

"그렇구나……, 그렇다면 안심이 되네."

스노우와 에리스가 과거에 무슨 일이 있었다면 함께 행동하는 게 힘들 거라고 생각했기 때문이다.

그런 불안 요소가 사라져서 다행이다.

에리스는 방긋 웃은 다음 창밖을 바라보았다.

"페이트, 이번 싸움에서 네 아버지와 만났을 때 알아버렸어. 페이트의 아버지는……."

"미안해. 그건 내가 아버지에게 직접 물어보고 싶으니까."

나는 에리스가 답을 말하기 전에 막았다.

이건 아들로서 아버지인 딘 그래파이트에게 물어봐야만 하는 것이다.

에리스는 이해해줬는지 더 이상 말하려 하지 않았다.

잠시 후 그녀의 입에서 어떤 말이 스르륵 새어 나왔다.

"너도 생각했던 것보다 귀찮은 인생을 살고 있었구나."

나는 그 말에 대답하지 않았다. 할 필요도 없었기 때문이다.

태어나기 전부터 폭식 스킬을 얻은 채로 무언가가 시작되어 있었다니.

분명 어머니가 병으로 돌아가신 것도…….

어쩌면, 어렸던 나를 위해……, 아버지가 상냥한 거짓말을 한 건지도 모르겠다.

전부 물어봐야만 한다.

제20화 몰락한 마을

에리스와 이야기를 하다 보니 잠이 확 깨버렸다.

잠도 안 왔기에 록시와 메밀 같은 사람들을 남겨두고 멸망의 사막에 다시 가기로 했다.

함께 다크니스 잔당을 쓰러뜨리기로 약속했는데 어겨서 미안하긴 하다.

하지만 깨어난 뒤에도 성수와 싸우면서 끓어올랐던 마음이 그대로 유지되고 있었다.

다시 말해 당장에라도 날뛰고 싶어진 것이다.

에리스도 마찬가지였던 모양이다. 싸우다가 꼴사나운 모습을 보여준 탓에 짜증이 났던 것 같다.

그래서 나는 에리스와 함께 사막 한가운데에 서 있다.

"자, 열심히 해볼까!"

"정말 하려고……?"

"그게 빠르잖아."

나는 질색을 하고 있었다. 이유는 간단하다.

에리스는 대죄 스킬――, 색욕 스킬을 써서 다크니스를 끌어모으려는 것이다.

게다가 풀파워로 사용한다는 게 문제였다.

그녀의 이야기를 들어보니 광대한 멸망의 사막에 있는 모든 마물을 불러들일 거라고 한다.

나머지 다크니스, 그리고 일반적인 마물……, 어쩌면 관마물까지 올지도 모른다.

그것들이 우리를 포위하며 몰려들게 되는 것이다.

"그럼 갈게. 다가온 마물하고 다크니스는 네가 먹어야 해. 폭식 스킬의 힘을 보여줄 때라고."

"마음의 준비를 할 테니까 잠깐만 기다려."

심호흡을 하며 마음을 가라앉혔다.

하지만 그러던 와중에 지평선 너머에서 흙먼지가 피어오르기 시작했다.

"에리스……, 너, 저질렀구나."

"응! 자, 열심히 해보자! 내가 열심히 지원사격을 해줄 테니까."

에리스는 오랜만에 지원 감각을 되찾고 싶어하는 모양이었다. 그러기 위해 마물을 잔뜩 불러온 것이다.

우리를 포위하듯이 다가오는 마물들. 거의 가리아의 스탬피드에 필적할 정도인데.

상황을 지켜보던 그리드도 신이 난 모양이었다.

그리드가 들뜬 듯한 목소리로 내게 말을 걸었다.

『이렇게 많은 마물은 오랜만이로군. 주먹이 울겠어, 안 그러냐? 페이트.』

"자기가 안 싸운다고 말이지. 팔자가 늘어졌네."

『하하하, 이 몸은 무기니까. 뭐, 너무 많이 먹지 않게끔 조심하라고.』

"나도 알아."

에리스가 먼저 나섰다. 에리스는 연달아 사격하여 마물들을 쏴

죽이면서 차지를 시작했다.

"배니싱 불릿으로 네 기척을 없앨 테니까 마음껏 싸워."

곧바로 모습과 기척을 없애는 마탄을 맞았다. 그와 동시에 뛰어가기 시작했다.

다크니스와 마물들을 차례차례 베어나갔다.

평소와 마찬가지로 무기질적인 목소리가 스테이터스 상승 및 스킬 획득에 대해 알려주었다. 귀에 익은 그 목소리는 끊임없이 연달아 귀에 들려왔다.

그리고 얻은 지 얼마 안 된 《풍절 마법》 스킬을 발동시켰다.

E의 영역으로 인해 마법이 일반적인 경우보다 강해진 것 같다.

다크니스가 쓸 때는 작은 회오리바람 같은 소규모 공격이었다. 하지만 내가 사용하니 엄청나게 큰 돌개바람 같아졌다.

그 안에 휘말린 다크니스와 마물은 눈 깜짝할 새에 휘몰아치는 바람의 칼날에 잘게 쪼개졌다.

"이쪽이 효율은 더 좋네."

『신이 난 건 좋다만, 폭식 스킬은 괜찮나?』

"그리드는 걱정이 많구나. 상대방이 E의 영역이 아니니까 아직 싸울 수 있어."

『그렇다면……, 상관없다만.』

왠지 모르겠지만 성수와 싸운 뒤 바로 전투를 벌였는데도 몸 상태가 좋다.

폭식 스킬의 힘을 끌어낸 다음에 억지로 가라앉혔는데도 불구하고 말이다. 평소에는 메밀에게 바로 피를 빨아달라고 해서 대죄 스킬의 영향을 상쇄시키는데…….

요즘에는 몸 상태가 별로 안 좋았기에 기분이 정말 좋다.

루나가 내 안에서 힘을 더 많이 빌려주고 있는지도 모르겠다. 그렇다면 다음에 꿈속에서 만났을 때 고맙다는 인사를 해야겠다.

생각했던 것보다 더 잘 싸울 수 있게 되니 저절로 신이 났다.

나보다 약한 상대를 마구 해치워대는 건 약한 자를 괴롭히는 것 같다는 느낌도 든다.

하지만 적은 인간에게 해를 끼치는 자들이다.

봐줄 이유가 없다.

다크니스와 마물 무리를 향해 돌진했다. 그때, 뒤에서 마탄의 지원을 받았다.

팔랑크스 불릿인줄 알았다. 하지만 상대는 E의 영역이 아니다. 스테이터스 차이 때문에 공격을 당하지 않으니 의미가 없다.

에리스가 왜 마탄을 날렸을까 생각하면서 다크니스들을 베었다.

"어?! 이건!!"

눈앞에 있던 적뿐만이 아니라 그 뒤에 있던 다크니스 몇 마리까지 한꺼번에 해치워버렸다.

"공격력하고 범위가 늘어났어?!"

"후후후, 이게 레이징 불릿의 능력이야."

뒤쪽을 보니 쓰러뜨린 다크니스의 시체가 산더미처럼 쌓인 곳 위에 에리스가 서 있었다.

"내 엔비는 지원을 거듭함으로써 숙련도가 올라서 새로운 마탄을 익힐 수 있거든."

"그럼 팍팍 지원해줘."

"좋아. 이래 봬도 나는 헌신하는 여자거든."

자기 입으로 할 말은 아닌 것 같은데. 그래도 에리스답다.

그녀도 성수와의 싸움에서 벗어나서 회복하려는 것 같았다.

이 레이징 불릿은 효과적인 지원 마탄이다. 내 정신통일 스킬과 합쳐서 사용하면 어떻게 될까. 거기다 폭식 스킬의 힘까지 겹치면……, 생각하기만 해도 가슴이 설렌다.

하지만 이번 싸움에서 더 이상 강해질 필요는 없다.

애초에 압도적으로 유린하고 있던 상태에서 레이징 불릿을 맞았다.

다크니스와 마물들이 마치 공기라도 베는 것처럼 쉽사리 쓰러져 간다.

싸움이 끝났을 무렵에는 색욕 스킬로 불러들인 적은 모두 사라져 있었다.

당분간 마물이 나타나지는 않을 것이다.

물론 에리스가 쓰러뜨린 적 말고는 그 땅으로 통하는 문 때문에 부활하지도 않는다.

왜냐하면 내 폭식 스킬이 그자들의 혼을 먹었기 때문이다.

폭식 스킬의 감옥으로 인해 혼은 영원히 갇히게 된다. 그곳은 그 땅으로 통하는 문의 영향을 받지 않는 것 같다. 그리드가 가르쳐 준 사실이기도 했고, 나도 그렇게 느끼고 있다.

다크니스와 마물들을 베며 튄 피 때문에 끈적끈적해져 버렸다.

에리스도 나중에는 흑총검으로 접근전의 감각을 떠올리려 하고 있었다. 그래서 나와 마찬가지다.

둘이서 피투성이, 정말 지독한 꼴이었다.

"평화로워졌구나."

방긋 웃는 에리스는 조금 얌전한 듯한 느낌이었다.

그녀의 뒤에서는 지평선 너머에 아침 해가 고개를 내밀기 시작하고 있었다.

그 광경이 정말 아름다웠다. 이건……, 색욕 스킬의 영향일까.

피로 물들어 있고 광기에 가득 찬 모습인데도, 그녀의 표정과는 어울리지 않아서 덧없는 느낌이 들었다.

에리스도 마인과 마찬가지로 터무니없이 오랜 시간을 살아왔다.

아직 병아리에 불과한 나는 그녀들과 나란히 서기에 아직 이른지도 모르겠다. 하지만 내가 몰랐던 에리스의 일면을 볼 수 있어서 다행이라는 생각도 들었다.

"좋았어, 임무 완료! 돌아갈까? 페이트."

에리스는 그렇게 말하고 나를 끌어안았다.

"으앗, 옷에 묻었던 피가 튀어서 눈에 들어갔어!"

"신경 쓰지 마, 신경 쓰지 마."

평소의 에리스로 돌아가 버린 것 같아서 곤란하다.

방금 그 느낌이면 내가 두근거리니까 역시 이쪽이 더 나은가?

마음속으로 그렇게 생각하고 있자니 그녀가 내 마음을 꿰뚫어 본 듯이 말했다.

"어라, 어라, 페이트 군. 심장이 빠르게 뛰고 있는데, 어떻게 된 거지?"

"그, 그건 방금까지 싸웠기 때문이라고."

"정말이야? 얼굴이 빨간데."

"크윽."

"아아아아, 혹시이?"

그녀가 지적하자 고개를 돌렸다. 하지만 에리스는 놓치지 않겠다는 듯이 다가왔다.

싱글거리는 표정을 보니 조금 발끈했다.

"그렇구나, 그렇구나. 그래, 그래."

"뭐가."

참지 못하고 그렇게 말하자 그녀는 한층 더 기쁜 듯이 미소를 지었다.

이제 마음대로 해…….

피로 물든 옷에 피어오른 모래가 잘 달라붙었다. 이대로 가다간 우리는 모래를 뒤집어써서 샌드맨이 될지도 모른다.

그렇게 되기 전에 도시로 향해 걸어가기 시작했다. 가던 도중에 에리스는 기분이 좋은 것 같아 보였다.

"단둘이서 마물을 쓰러뜨린 건 처음이지? 열심히 싸워버렸어. 그래서 모래투성이, 샌드맨이 되어버렸다고. 하지만 새로운 지원 마탄을 몇 가지 쓸 수 있게 되었으니까 괜찮은 느낌이네!"

"어? 레이징 불릿 말고도 쓸 수 있게 된 게 있어? 어떤 건데?"

"그건 비밀! 기대하시라."

가르쳐줘도 상관없지 않나 싶긴 한데, 그냥 넘어가자.

어차피 사용할 사람은 에리스다. 효과적인 상황에서 정확하게 새로운 지원 마탄을 사용해줄 것이다.

성수와 싸울 때나 방금 다크니스 잔당 사냥을 할 때도 이때다 싶을 때 확실하게 지원해 주었다.

내가 그녀의 전투 방식에 이래라저래라 참견할 필요는 없다.

파티니까, 믿고 싸울 뿐이다.

"저기, 페이트."

"왜?"

"나도 제대로 강해질까 해. 우선 전성기 시절로 돌아가는 게 먼저지만. 그리고 그 녀석과 결판을 낼 거야."

에리스는 성수인 라이브라와 결판을 내고 싶다고 했다.

나도 남 일이라 할 순 없다. 아버지는 라이브라와 관계가 있는 것 같으니까.

그리고 테트라에서 라이브라와 만났을 때, 그는 내게 우호적인 태도를 보였다.

하지만 그건 이유가 분명히 있고, 우선순위가 높은 목적이 같기 때문이다.

다시 말해 그 땅으로 통하는 문이 열리는 걸 막기 전까지만 그렇다는 것이다.

그러니 만약 해결된다 해도 그다음에는 라이브라가 우리 같은 대죄 스킬 보유자를 공격할지도 모른다.

"그때가 되면 언제든 힘을 빌려줄게."

"고마워, 페이트."

리슈아가 관리하는 도시로 돌아왔을 무렵, 우리는 모래를 잔뜩 뒤집어쓴 상태였다.

그래서 문지기 병사들이 샌드맨으로 착각해버렸다.

둘이서 크게 웃고는 록시와 다른 사람들에게는 비밀로 하자고 했다.

저택으로 돌아온 우리는 서로 마주 본 뒤에 목욕을 하기로 정했다.

"어때? 모래투성이인데. 시원하게 씻을까?"
"같이 씻진 않을 거야."
"아하하, 아쉽네. 스노우가 여탕과 남탕의 문을 부숴서 혼욕이거든."
"윽!"
강제로 혼욕을 하게 될 것 같게 되자 나는 위기를 느꼈다. 하지만 이런 모습으로 록시와 함께 마도 바이크를 탈 수는 없었기 때문에 에리스에게 대욕탕으로 끌려가게 되었다.
"내가 깨끗하게 해줄게."
"그만두라고! 이럴 때 E의 영역의 힘을 쓰지 마."
"괜찮잖아. 나는 진지하거든."
"목욕 정도는 좀 느긋하게 하자!"
"자, 간다."
대욕탕에서 잔뜩 휘둘려버렸다. 그래도 시원하게 씻었으니 그냥 넘어가자.

마도 바이크에 올라탔다.
이야기도 하지 않고 마물들을 쓰러뜨려서 메밀과 록시에게 조금 혼나버렸다.
"페이는 툭하면 저한테 비밀로 이것저것 한다니까요."
"맞아요. 페이트 님하고 에리스 님께서 안 보이시길래 정말 걱정했어요."
"할 말이 없네……, 미안해."
사과하고 있자니 둘이서만 속닥거리며 이야기를 하기 시작했다.

대체……, 무슨 이야기를 하는 거지?

안절부절못하고 있던 내 뒤에서 에리스는 방긋방긋 웃으면서 마치 남 일인 것처럼 행동하고 있었다.

팔자도 좋다고 생각하고 있는데 록시가 터무니없는 말을 하는 게 들렸다.

"다음에도 그러면 페이에게 목줄이라도 채울까요?"

"맞아요, 맞아. 좋은 생각이에요."

"잠깐만! 나는 개가 아니라고."

당황한 나를 본 두 사람은 만족했는지 방긋 웃으며 '농담이에요'라고 말해주었다.

아~, 깜짝 놀랐네. 진심인 것 같은 눈빛으로 내 목덜미를 보면서 그런 말을 하니까.

멋대로 다크니스들을 소탕해버렸지만 도시에 사는 백성들을 구하기 위해 한 행동이었기에 마지막에는 칭찬받았다.

물론 영주인 리슈아는 성수 일까지 포함해서 매우 고마워했다.

그리고 언젠가 은혜를 갚고 싶다는 말까지 했다.

나는 딱히 그럴 필요가 없다며 거절했다.

하지만 콧김을 거세게 내뿜으며 흥분해서 그렇게 말하던 걸 보니 내 이야기를 들었는지는 모르겠다.

마도 바이크를 타고 계속 남쪽으로 나아갔다.

스노우가 합류해서 내 바이크에는 세 명이 타고 있었다.

내 앞에 스노우가 앉았고, 내 뒤에는 록시가 타고 있다. 내가 중간에 있어서 스노우도 차분하게 바이크를 탈 수 있는 것 같았다.

스노우는 아직 록시가 익숙하지 않은 모양이었다. 그래서 록시는 조용히 어깨를 늘어뜨리고 있었다.

메밀이 운전하는 마도 바이크와 나란히 나아가다 보니 많은 짐을 실은 마차와 스쳐 지나갔다.

"페이, 뭘까요?"

"보통 일이 아닌데."

그럴 만도 하다. 북쪽으로 가는 짐마차의 숫자가 몇 대 수준이 아니다. 수십 대는 되어 보였기 때문이다.

바이크를 멈추고 짐마차에 탄 남자에게 이야기를 들어보았다.

그러자 그는 곤란한 표정을 지으면서 이렇게 말했다.

"이 앞에 있는 황무지의 오아시스에 살고 있었는데요……, 어떤 젊은 남자가 와서 커다란 구멍을 뚫기 시작했습니다."

그 남자는 터무니없는 힘을 지니고 있었고, 대지를 파헤쳐서 수원지인 오아시스를 말려버렸다고 한다. 그곳은 마실 물이 없으면 살 수가 없는 척박한 지역이었다.

그래서 이렇게 새롭게 안주할 땅을 찾아 북쪽으로 올라가고 있다는 얘기였다.

"에리스, 이 사람들을 리슈아의 영지에서 보호해줄 수 있을까?"

"그래. 제일 가까운 곳은 거기니까. 마물의 영향도 사라졌으니 곧 물류도 회복될 테고. 괜찮을 것 같은데?"

에리스는 가슴 속에서 종이를 한 장 꺼낸 다음 글을 한 줄 써서 남자에게 건넸다.

"이걸 이 앞에 있는 영지의 영주에게 주도록 해. 한동안은 너희 모두를 보호해 줄 거야."

"감사합니다! 성기사님!"

"으음, 나는 아닌데, 귀찮으니까 됐어."

여왕님이라고 하면 깜짝 놀라서 쓰러질지도 모른다.

에리스가 말한 대로 큰 소동이 벌어지면 곤란하다. 착각하게 내버려 두어도 괜찮을 것이다.

우리는 짐마차 일행을 보내면서 오아시스에 들를지에 대해 의논했다.

그리드와 에리스 이야기를 들어보니 그 땅으로 통하는 문이 열리기까지 아직 시간은 충분히 남았다고 한다.

록시와 메밀은 곤란해하는 백성들을 도와주고 싶다는 의견을 냈다. 그리고 짐마차에 타고 있던 남자가 말했던 오아시스를 말린 자의 이름을 알았을 때, 그냥 내버려 둘 수는 없게 되었다.

라이브라……, 에리스와 악연이 있는 상대이자 스노우와 같은 성수인.

그가 어째서 그런 행동을 하고 있는지 알 필요가 있을 것이다.

문득 황무지의 오아시스라는 말을 들으니 생각나는 곳이 있었다. 예전에 가리아를 향해 여행을 하다가 어쩔 수 없이 그냥 내버려 둘 수밖에 없었던 마을이다.

그곳은 도시 포식자라는 마물이 숨어있는 곳이었다.

제21화 도시 포식자를 향해

짐마차 일행과 헤어진 뒤 마도 바이크를 타고 달려갔다. 잠시 후 보이기 시작한 녹색 대지.

메마른 대지 안에 붕 떠 있는 그 모습은 매우 이질적이었다.

그곳으로 들어가자 약간 달콤한 향기가 맴돌았다. 저번에 왔을 때와 마찬가지다.

하지만 다른 게 있다면…….

"이제 여기에 사는 사람들은 거의 없는 것 같네요."

바이크 뒷자리에 타고 있던 록시가 주위의 집들을 바라보고 있었다.

그녀의 말대로였다.

좀 전에 피난하던 사람들이 나간 뒤로 이곳에는 활기가 사라졌다.

저번에 왔을 때는 풍요로운 대지의 은혜를 살려서 여러 가지 농작물을 재배하고 있었다.

그리고 그것들을 사료로 써서 가축도 많이 키우고 있었다.

하지만 바이크에서 내린 다음 살펴보니 많이 달라져 있었다.

농지는 매우 황폐해졌고, 다 클 때까지 기다리지 않고 억지로 수확했다. 가축은 한 마리도 보이지 않는다. 밖으로 나가지 못하게 막아두었던 울타리는 군데군데가 부서져 있었다.

"저번에 왔을 때와는 완전히 달라졌는데."

"급하게 도망친 느낌이네요."

"그런 느낌이네……."

록시와 마을의 정보에 대해 이야기를 나누고 있자니 바이크를 세운 에리스와 메밀도 이쪽으로 걸어왔다.

그녀들도 우리와 비슷하게 느낀 것 같았다.

"호오~, 이런 마을이 있다는 건 몰랐는데. 꽤 최근에 생긴 거겠지. 지금은 마을이라고 해야 할지 미묘하지만."

"그렇죠. 좀 전에 만난 사람들이 마지막 피난자였을까요?"

폐허라고 하기에는 건물이 아직 멀쩡하지만, 사람이 살고 있는 느낌은 없다.

우리가 보고 있는 마을에는 이상할 정도로 조용한 느낌만이 있었다.

"어떻게 할까요? 아직 마을에 남아있는 사람을 찾아서 이야기를 들어볼까요?"

"그래, 그렇게 하자. 메밀하고 록시, 부탁할 수 있을까?"

"""네."""

두 사람에게 부탁한 다음 나는 다리에 달라붙어 있던 스노우를 보았다.

왠지 모르겠지만 그녀는 마을에 들어온 뒤로 겁을 먹기 시작했던 것이다.

툭하면 내게 달라붙곤 했기에 또 그러나 싶었는데, 스노우가 몸을 떨고 있다는 걸 알고 아무래도 이상하다는 생각이 들었다.

표정은 평소와 마찬가지였기에 그냥 봐서는 알 수가 없었다.

록시와 다른 사람들이 쓸데없이 걱정하게 만들고 싶진 않았기에 아직 말하지는 않았다.

그런데 스노우의 변화를 눈치챈 사람이 있었다.

"저기, 페이트. 스노우도 나와 마찬가지인 것 같네."

"통찰력이 꽤 좋구나."

힘없이 웃으며 대답한 사람은 에리스였다.

그녀도 라이브라라는 이름을 들은 뒤로 기운이 없었다.

그 사실은 록시와 메밀도 알고 있었던 것 같다.

그래서 마을에 있는 사람들에게 이야기를 들으러 갈 사람을 정할 때도 딱히 뭐라고 하진 않았다.

"무리하지 말라고. 라이브라하고 만나는 게 괴로우면 여기에 있어도 돼."

"괜찮아……, 그건 그렇고 스노우가 신경 쓰여."

"기억을 잃었을 텐데."

본능적으로 무언가를 느끼고 있는 건지도 모르겠다.

"보아하니 이 아이도 라이브라와 악연이 있는 것 같아."

"뭐, 그런 게 있다 하더라도……, 이런 상태잖아. 지금은 과거에 무슨 일이 있었는지 본인조차 모르는 것 같으니까."

겁에 질려서 나를 껴안고 있는 스노우를 쓰다듬고 있자니 마음이 좀 가라앉은 모양이었다.

"그래, 착하다. 록시하고 메밀이 있는 곳으로 가고 싶은데. 괜찮겠어?"

"응. 무서운 게 있어. 조심해."

"고마워."

스노우와 손을 잡고 고개를 끄덕였다.

자, 록시와 메밀이 있는 곳으로 가볼까.
그렇게 생각하고 있는데 소리가 들렸다.
"페이트 님!"
주민을 찾으러 갔던 메밀이었다.
의기양양한 표정을 보니 성공한 것 같았다.
"주민을 몇 명 발견했어요."
"어디에서?"
"이 앞에 있는 커다란 저택에서요. 이 마을을 다스리는……, 아니, 다스리던 가족이에요."
"알았어. 안내해줘."
우리는 메밀 뒤를 따라갔다.
그 저택은 마을 가운데 부근에 있는 것 같았다.
중간에 가로수로 둘러싸인 큰길을 지나갔는데, 눈에 들어온 나무 몇 그루가 말라가고 있었다.
주민들이 떠나서 손질해주지 않았기 때문일까.
그런 것치고도 너무 빨리 말라버린 느낌이 든다.
"왜 그래? 페이트."
옆에서 걸어가던 에리스가 말을 걸었다.
조금 신경 쓰이긴 했지만 별것 아니니 그녀에게 말할 필요도 없을 것 같다.
"아니, 아무것도 아니야."
그런 것보다는 이 마을의 대표였던 사람의 이야기를 듣는 게 더 중요하다.
"페이트 님, 에리스 님, 어서요!"

"그래, 알았어."
"지금 갈게."
나는 스노우의 손을 잡고 메밀을 쫓아갔다.
그리고 마을 가운데 근처에 도착했다.
"여기는……."
"왜 그래?"
"저번에 왔을 때 여기에 호수가 있었거든."
내가 손가락으로 가리킨 방향. 그곳의 지면이 갈라져 있었고, 물은 한 방울도 없었다.
"들었던 이야기가 맞았네."
말라버린 호수를 바라보면서 그 물의 특별한 효과를 모두에게 설명했다.
마시면 상처나 피로 같은 걸 치유하는 힘을 지니고 있다.
그리고 농작물에 주면 더 빨리 자라고, 품질도 좋아진다.
장점만 있는 물이었다.
"그렇구나. 그런 호수가 사라졌으니 이곳에 살 이유도 없어졌겠지."
에리스는 고개를 끄덕이면서 한동안 마른 호수를 바라보고 있었다.
저택에서 록시가 나오자 일단 호수 이야기는 끝내기로 했다.
"여러분, 이쪽이에요. 이 집에 있던 사람들의 상태가 이상해져서요."
"뭐?!"
이 저택에 살고 있는 사람은 세 가족이라고 한다.

안으로 들어가 보니 현관이 매우 넓었다.

이렇게 저택이 크니 하인을 고용하지 않으면 관리를 할 수가 없을 것 같았다.

록시가 이야기를 들어보니 여기서 일하던 사람들이 이번 일 때문에 그만둬버렸다고 한다.

긴 복도를 걸어갔다. 그 앞에 있는 방에서 젊은 남자가 기다리고 있었다.

안색이 안 좋은 걸 보니 뭔가 병에 걸린 것 같았다.

"저는 테드라고 합니다. 이 마을 대표의 아들이죠. 우선 성기사님……, 이런 곳에 와주셔서 감사합니다. 보셔서 아시겠지만 이미 이곳은 마을이 아니게 되었습니다. 그래서 만족스럽게 대접도 못 해드려 죄송합니다."

"아니, 그건 됐어."

우리는 그런 것보다 알고 싶었던 것들을 물어보았다.

"우선, 네 부모님은?"

"좀 전에 쓰러지셔서 침실에 누워 계십니다. 록시 님께서 도와주셔서 정말 도움이 많이 되었습니다."

록시를 보자 그녀가 미소를 지었다.

"제가 보기에는 점점 약해지고 있는 것 같아요. 이곳의 토지 때문인지도 모르죠. 도시 포식자라는 마물이 뭔가 하고 있는 건지, 아니면 라이브라라는 남자 때문에 무슨 일이 일어난 건지는 모르겠지만 왠지 기분 나쁜 느낌이 드네요."

"그러고 보니……."

테드는 지금도 조금씩 몸 상태가 안 좋아지고 있는 것 같았다.

이마에 땀이 나고 있다.

이야기를 짧게 끝내고 쉬게 하는 게 나을 것 같다.

"단도직입적으로 묻지. 이 마을에 왔다는 남자——, 라이브라는 언제쯤 왔지?"

"한 달 정도 전입니다. 그때부터 점점 호수의 물이 줄어들기 시작했죠. 그는 저희에게 나쁜 것——, 마물이 지하 깊숙한 곳에 있다면서 어서 이 마을을 떠나라고 했습니다. 저희는 그 말을 듣지 않고 그를 내쫓았고요."

"그러면 일단 이 마을에서 나갔다는 거지?"

"네, 그동안에도 호수의 수위가 낮아졌고요. 마을 바깥은 황야입니다. 그 물의 신기한 힘 덕분에 생활할 수 있었던 주민들은 이곳을 버리고 차례차례 떠났습니다. 그리고 그 남자——, 라이브라가 돌아온 뒤로 호수의 상황이 더 심각해졌죠."

"마을 주민 대부분이 떠났다고?"

"네. 이 마을에는 저희 말고……, 열 명 정도밖에 없습니다."

호수가 말라버려서 농작물도 재배할 수 없다는 것 같다. 마실 물은 비축해 둔 것으로 겨우 버티고 있다고 한다.

우리의 당황한 표정을 보고 무슨 말을 하고 싶은 건지 알아버린 모양이다.

이유를 묻기도 전에 테드가 먼저 대답했다.

"그렇게까지 남으려는 이유를 알고 싶으신 것 같군요. 여기에 남은 저를 포함한 사람들은 이 황무지 오아시스를 처음 발견한 사람들입니다. 갈 곳이 없어서 헤매다 지친 저희가 이곳을 찾아냈을 때는 정말 기뻤죠. 그때 저희는 맹세했습니다. 어떤 일이 생긴다 해도 이 낙원을 떠나지 않을 거라고…….”

“이제 낙원이 아니게 되었는데, 그래도 떠나지 않겠다고?”

“네. 어떤 일이 생긴다 하더라도 떠날 생각은 없습니다.”

몸에 이상이 생긴다 해도, 그럴 생각인 것 같다.

그래도 여기에서 떠나야 한다고 말하려 하자 에리스가 내 어깨에 손을 얹었다.

“페이트, 더 이상 설득해봤자 소용없어.”

“그래도…….”

“네가 하고 싶어하는 말은 올바른 말일 거야. 하지만 그들에게는 괜한 참견이지.”

에리스는 테드를 똑바로 바라보며 말했다.

“괜찮다는 거지?”

그 말을 들은 그는 망설임 없이……, 변함이 없는 대답을 했다.

한숨을 쉬며 창밖을 바라보았다. 그런데 바깥에 있던 나무의 색이 변하고 있었다.

푸르던 나뭇잎이 생기를 잃고 점점 마르기 시작했다.

마치 시간을 빨리 돌린 것 같은 느낌이 들었다.

“지면을 봐.”

“이건…….”

우리가 급하게 밖으로 나오자 말라버린 호수에 커다란 균열이 수없이 생겨났다.

그와 동시에 강한 지진이 일어났다.

나무들이 쓰러지고 건물에 금이 갈 정도로 강한 지진이었다.

“설마, 이 마력은…….”

"누군가가 지하에서 싸우고 있는 것 같은데."
단숨에 솟구친 압박감이 발치에서 느껴졌다.
이 마을에서 라이브라의 모습이나 기척이 느껴지진 않았다.
하지만 틀림없다. 이 마력의 느낌은 테트라에서 만났던 라이브라와 똑같다.
나와 손을 잡고 있던 스노우가 겁을 먹었다. 그리고 그녀는 지면을 보면서 중얼거렸다.
"페이트, 와."
"뭐?! 다들 여기서 나가!"
"페이!"
"페이트 님!"
"이거 꽤 대단한데."
뛰어서 물러난 지면 아래에서 거대한 식물 뿌리가 튀어나왔다.
너무 두꺼워서 시야가 전부 가려질 정도였다.
"메밀! 스노우를 부탁할게!"
"네."
"록시는 퇴로를 확보해줘."
"알겠어요."
나와 에리스는 무기를 들고 눈앞에 있는 뿌리를 베었다.
『페이트, 벨 맛이 나는 두께 아니냐?』
"그런 말을 할 때냐고. 이게 도시 포식자라는 마물이야?"
이 뿌리는 마을 전체에 걸쳐 고개를 내밀고 있었다.
베는 게 소용없을 것 같다는 생각이 들 정도로 숫자가 많았다.
흑검으로 베어내도 계속 뻗어 나와서 끝이 안 보인다. 게다가

벤 곳에서 뿌리가 잔뜩 쏟아져 나오고.

『그래, 맞다. 이래 봬도 유체니까 아직 작은 편이지. 아마 라이브라가 뭔가 손을 써서 날뛰게 만들었을 거다. 그리고 베는 것도 위험할 것 같군.』

"어째서……, 이봐, 이봐. 농담이지?"

베어서 날린 뿌리가 꿈틀대면서 새로운 뿌리를 뻗은 것이다.

재생능력이라는 차원이 아닌데.

"이렇게 된 이상!"

나는 흑검에 화염탄 마법을 담기 시작했다.

그리고 화염검으로 다시 공격을 가했지만, 소용없었다.

"이럴 수가."

"나무 주제에 화염 내성을 가지고 있는 것 같은데."

"타지 않는 나무가 있을 수 있어?"

보아하니 적은 E의 영역이 아니기 때문에 록시나 메밀도 공격할 수는 있는 것 같았다.

하지만 압도적인 재생능력을 넘어서서 분열능력에 가까운 것까지 지니고 있으니 함부로 싸울 수가 없었다. 너무 많이 늘어나서 사태가 더욱 악화될 수도 있기 때문이다.

"이거 큰일인데. 일단 마을 밖으로 피할까?"

"그럴 수도 없을 것 같은데."

갈라진 가지가 마치 우리처럼 우리를 포위하고 있었다.

약한 상대이기에 공격받아도 대미지를 입진 않는다.

하지만 우리도 공격할 수가 없으니 수세에 몰리기만 했다.

도시 포식자에 대한 정보가 너무 적다. 그리드에게 물어보았지만 쓰러뜨리는 법까지는 모르는 것 같았다.

"공격을 할 수밖에 없나……."

흑검을 꽉 쥐었다. 그리고 우리 앞까지 다가온 뿌리를 향해 휘두르려 했을 때, 그리드가 제지했다.

『잠깐, 페이트.』

"왜 그래?"

『상태가 이상하다.』

그 말을 듣고 바로 알아채지는 못했다. 그런데 뿌리의 기세가 점점 약해지고 있었다.

"말라가는데……, 아니. 썩어가는군."

"페이트."

그렇게나 힘차게 지면 위로 기어 나오던 뿌리.

그것이 마치 모래처럼 후두둑 무너져내리고 있었다.

에리스는 그 힘을 보고 겁을 먹었다.

다시 말해 이렇게 만든 녀석은…….

붕괴하는 뿌리 사이에서, 한 남자가 홀연히 나타나 이쪽으로 걸어오고 있었다.

제22화 라이브라의 힘

"라이브라!"

그는 나를 보고 방긋 웃었다.

무기를 아무것도 들고 있지 않은 걸 보니 싸울 생각은 없는 것 같았다.

하지만 그에게서 뿜어져 나오는 강대한 마력이 호전적인 압박감으로 다가왔다.

방심할 순 없다.

"아, 페이트. 오랜만이구나……, 아니, 그렇지도 않은가?"

"무슨 짓을 한 거야?"

"보면 알잖아. 이곳에 숨어 있던 마물 퇴치야. 피해를 최소한으로 줄이기 위해 미리 주민들에게 가르쳐주기도 했고. 이래 봬도 신경을 꽤 썼다고."

"아직 남은 사람들이 있어. 그리고 이 마물이 해를 끼치려면 백 년은 더 걸릴 텐데. 어째서 이렇게 급하게 구는 거지?"

"그걸 정하는 건 그 사람들이 아니니까. 정하는 건 나야."

무슨 소릴 하는 거야? 라이브라가 정한다고?

"무슨 뜻인지 모르겠다는 표정이구나. 좋아, 가르쳐 주지. 네가 말한 것처럼 마물들이 날뛰기 시작할 때까지 백 년 넘게 기다린다고 치자. 그때 그들이 누구에게 도움을 청할까? 미리 말해두지만 그렇게 오래 자라면 쉽사리 E의 영역에 도달할 거라고."

이곳은 왕국이 관리하지 않는 곳이다. 그리고 성기사의 영역도 아니기 때문에 강한 무인들은 도와주지 않을 것이다.

게다가 마물이 날뛰기 전까지 그냥 방치한다면 상황은 더 악화된다.

"이해하셨나? 쓰러뜨릴 수 있는 건 너희들 같은 대죄 스킬 보유자나 나 같은 사람뿐이야. 그걸 감안하고 잘 생각해봐. 나는 이래 봬도 바쁘거든. 시간이 한정되어 있으니 주민들의 사정까지는 봐줄 수가 없다고. 때가 되면 구해달라니, 너무 뻔뻔하잖아."

"그래서 지금이라는 거야?"

"대피할 시간은 확실하게 줬어. 이번에는 그렇게까지 급한 안건이 아니었으니까. 한 번 더 말할게. 그런 것까지 포함해서 정하는 건 나야. 반대로 묻지. 페이트라면 이 마물을 처리할 수 있었을까?"

라이브라는 움직이지 않게 된 마물을 짓밟았다.

딱히 어떤 감정도 보이지 않았다. 그저 걸리적거리기 때문에 짓밟은 것처럼 보였다.

"대답하질 않네. 이야기를 들어보니 너는 이 마물을 알고 있었던 것 같아. 이곳에 와서 이 문제를 알았는데도 아무것도 하지 못하고 이곳을 떠난 거 아니야? 내가 하고 싶은 말은 아무것도 못했던 주제에 불평하지 말라는 거지."

그렇게 말하며 내 옆을 지나치는 라이브라.

"라이브라, 기다려."

"호오……, 용케도 내게 말을 걸었구나. 그냥 장식품인줄 알았는데."

에리스가 몸을 움찔거리면서도 라이브라를 노려보고 있었다.
“허어, 그런 표정도 지을 수 있게 되었구나. 조금은 강해진 건가? 이 나라의 임금님 놀이를 하면서 마음이 넓어진 거야?”
“나는……, 이제 예전의 내가 아니야!”
그녀가 흑총검을 들고 라이브라를 겨누었다. 그러나 그는 태연한 모습을 보였다.
“쏘고 싶다면 쏘지 그래. 하지만 네가 과연 그럴 수 있을까? 그 땅으로 통하는 문이 열리려 하는 지금, 나와 맞서는 게 얼마나 어리석은 행동인지 이해해야 해. 나를 잘 알고 있는 너라면 말이야.”
“크윽…….”
에리스가 들고 있던 흑총검의 힘이 약해지자 라이브라는 방긋 웃었다.
“착한 아이구나. 너는 예전처럼 그렇게 순순히 굴어야지.”
그리고 그는 나를 돌아보려 했지만, 그 사이에 뛰어든 사람 때문에 가로막혔다.
“아, 스노우. 설마……, 그런 모습이 되었을 줄은 몰랐어.”
“크으으으으으.”
메밀에게 맡겨두었던 스노우가 나를 지키려는 듯이 팔을 벌리고 있었다. 그리고 라이브라에게 으르렁거리며 위협하고 있었다.
“그렇게 화내지 말라고. 정말, 그러면……, 내가 악당 같잖아.”
“다른 데로 가버려! 너는 정말 싫다고!”
“기억이 없는 주제에 말은 잘하는구나. 뭐, 됐어. 사실 스노우를 데리러 온 건데, 한동안 페이트에게 맡겨두도록 하지.”
라이브라는 쓴웃음을 지으며 내게 말했다.

"이제 이런 곳에서 들러서 한눈을 팔면 안 돼. 어서 하우젠으로 가라고."

"굳이 말 안 해줘도 알아."

"착한 아이구나. 어떤 일이 있더라도 반드시 그 땅으로 통하는 문이 열리는 걸 막아야 해. 알겠지? 반드시."

"나도 안다니까."

"그럼 안심이 되네. 만약 네가 실패한다면 하우젠을 통째로 소멸시켜야만 하니까."

말도 안 되는 소리를 지껄이는 라이브라.

나는 무심코 다가서려 했지만, 스노우가 막아섰다.

"안돼, 위험해!"

"스노우는 잘 알고 있는 것 같은데. 자, 나와 이야기하고 있지 말고 하우젠으로 가지 그래?"

라이브라는 이야기가 끝났다는 듯이 걸어가기 시작했다.

그리고 나와 스쳐 지나갈 때 작은 목소리로 말했다.

"더 강해지라고, 페이트. 나를 위해서."

라이브라는 의미심장한 말을 남기고 떠나갔다.

그 뒤에 남은 것은 완전히 죽어버린 마을뿐이었다.

에리스가 내 곁으로 다가와 몸을 기댔다.

"역시……, 아직 내게는 이 정도가 한계인 것 같아."

그녀의 몸은 싸늘했고, 떨리고 있었다. 라이브라와의 트라우마를 떠안은 상태로 잘 버틴 것 같다. 정말 무서운 게 눈앞에 있을 때, 사람은 목소리를 내는 것조차 힘든 법이다.

"에리스는 충분히 노력했어."

"……고마워."

내가 할 수 있는 건 라이브라와 싸우는 게 아니다.

마을의 피해가 크긴 하지만, 다행히 주민들은 살아있다.

합류한 록시, 메밀과 함께 다시 주민들을 만나서 이 마을에 숨어 있던 마물에 대해 설명했다. 그리고 이곳이 더 이상 사람이 살 수 없는 곳이 되었다는 것을 알려주었다.

마도 바이크에 타는 내게 록시가 말했다.

"다행이네요. 그 사람들이 이곳을 떠나기로 해서요."

"그래……, 아이러니하지. 지면에서 기어 나온 마물이 결정적인 이유가 되다니."

"사람은 이런저런 말을 하면서도 실제로 일어난 일을 못 본 척할 수 없는 법이니까요."

"직접 목숨의 위기를 느끼게 되면 사고방식도 바뀌어버리는 건가……."

속물 같은 사람들이라고 치부해버릴 수도 있다.

하지만 그들은 가지지 못한 자로서 갈 곳을 잃고 헤매다가 이곳으로 오게 되었다.

겨우 찾아낸 낙원이다. 떠나려고 하니 겁이 나기도 했을 것이다.

그리고 그것을 뛰어넘는 공포를 맛보았기에, 이곳을 떠나기로 한 것이다.

"사람은 그렇게 강하지 않아요. 저도 마찬가지죠. 성기사이긴 하지만 그건 스킬 덕분이고요. 하지만 페이트는 강해요!"

"그런가……. 나는 그런 식으로 생각해본 적이 없는데."

"가리아에서 천룡과 싸우던 페이트는 제 마음속에서 정말 대단했어요. 질까 보냐 하는 느낌으로 궁지에 몰렸는데도 포기하지 않는 모습이 그랬죠. 왕도에서도 마찬가지였고요."

"아하하, 그냥 포기를 잘 못하는 것뿐이야."

웃으면서 말했지만, 그 말을 들은 록시는 불만인 것 같았다.

록시가 삐진 듯이 말했다.

"항상 그렇다니까요, 정말……."

"내 이야기는 이 정도만 하고, 이 마을에 남아 있던 사람들도 리슈아의 영지에서 맡아주게 되는 것 같으니까 일단은 안심이야. 하지만 일시적인 조치니까 나중에는 하우젠에서 받아들였으면 하는데."

"그렇죠. 그럼 우선은!"

"그래, 마인의 행방을 하우젠에서 조사해볼 거야. 그리고 그 땅으로 통하는 문이 열리는 걸 막아야지. 그러면 하우젠이 안전해질 테니까."

마도 바이크를 타고 달려간다. 스노우가 기다리고 있었다는 듯 신이 나서 떠들었다.

"빨라! 재밌어!"

"꽉 안 잡으면 떨어진다."

"괜찮아!"

응, 괜찮긴 하겠지. 그녀는 E의 영역의 스테이터스를 지니고 있으니까.

"그럼 속도를 더 낸다?"

"와아~!"

"안 돼요! 페이! 까불면 안 돼요. 에리스 님께서도 뭐라고 말씀 좀 해주세요."

옆에서 나란히 달리고 있는 에리스와 메밀. 지금은 에리스가 운전하고 있다.

그녀는 아무런 말도 하지 않고 미소만 짓고 있었다.

"에리스 님! 왜 그러시는 거죠?"

"아니, 아니, 오늘은 기분이 좋거든. 그러니까 페이트가 어린애 같은 행동을 해도 눈감아주려고."

"어린애 같은 행동이라니, 그게 무슨 소리야!"

그렇게 따져도 그녀는 방긋방긋 웃고만 있다.

아마 라이브라와 만난 것 때문이겠지.

그를 무서워하면서 지금까지 아무 말도 못하던 에리스가 처음으로 따진 것이다.

그녀에게는 커다란 한 걸음이 된 것 같다.

라이브라는 그 땅으로 통하는 문이 열리는 걸 막지 못하면 하우젠을 소멸시키는 것도 불사하겠다고 말했다.

지금 당장 그러지 않는 이유는 그 나름대로의 규칙이 있기 때문일 것이다.

이번 도시 포식자 건을 보면, 그는 확실하게 유예기간을 준다.

그리고 그 기간이 지나면 망설임 없이 실행에 나선다.

그곳에 사람이 살고 있어도 아랑곳하지 않는다.

사람의 목숨보다 목적을 우선시한다.

"이봐, 에리스. 라이브라에 대해서 물어봐도 괜찮을까?"

"괜찮아. 그런 걸로 나를 배려할 필요는 없거든."

"그렇구나……. 그럼 가르쳐 줘. 라이브라가 도시 포식자를 말린 힘은 대체 어떤 거야?"

"그 녀석의 힘이라……. 나도 확실하게 알고 있는 건 아닌데, 생명을 다루는 것 같아."

생명을?! 하긴……, 그 마물은 생명이 빨려 들어간 것처럼 말라버렸다.

만약 조종할 수 있다면 무적에 가까운 능력이다.

그렇게 생각하고 있자니 에리스가 웃어버렸다.

"겁이 난 거야?"

"아니야. 그게 아니라 생명을 다루는 녀석과 어떻게 해야 싸울 수 있을지 생각했을 뿐이야."

"아하하하하, 페이트답네."

더 크게 웃어대는게 마음에 들지 않지만, 에리스가 기운을 차렸으니 그냥 넘어가야겠다.

"웃고 싶으면 웃으라고."

"아하하하하하하하하!"

"너무 심하게 웃잖아!"

역시 마음에 들지 않아서 에리스에게 따졌다. 그러고 있자니 드디어 우리의 목적지가 보이기 시작했다.

작달막한 언덕에 지어진 고성. 그 주위의 높은 벽.

오랫동안 방치되어 있었기에 자연의 힘에 침식되었던 도시도 지금은 확실하게 재건되었다.

신생 하우젠이다.

"호오, 깔끔해졌는데."

"우와……, 예전에 왔을 때와는 전혀 다르네요."

"여기가 바르바토스 영지인가요! 아직 복구 중이라고 들었는데 그냥 보기에는 완벽하네요."

"외벽은 마물들을 막기 위해 필요하니까 우선적으로 수리했거든. 성은 아직 괜찮다고 했는데, 다들 도시의 상징이라면서 내 말을 듣지 않고 수리하더라고."

해자 너머에 있는 마을은 이제부터 시작이다. 건설 중인 주거지나 상점이 잔뜩 있다.

"페이트! 얼른!"

스노우도 기대가 되는 눈치였다.

재건에 참여했던 한 사람으로서 기쁠 따름이다.

마도 바이크를 타고 바깥쪽 문으로 다가갔다. 바로 앞까지 오자 커다란 소리를 내며 문이 열리기 시작했다.

아마 병사들이 바깥을 감시하다가 우리가 온 것을 본 모양이었다.

그리고 문 안에서 병사들과 함께 나타난 남자는 이쪽을 향해 손을 힘껏 흔들고 있었다.

"페이트! 여러분! 하우젠에 오신 것을 환영합니다."

"세트! 오랜만이구나. 잘 지냈어?"

"왕도에서 지원을 받을 수 있게 되었으니까. 보면 알겠지만 순조로워."

세트는 그렇게 자신만만하게 말했다.

그와는 고향에서 헤어진 뒤로 다시 만나서 하우젠의 부흥에 협력해달라고 했다.

과거에는 이런저런 응어리가 있기도 했지만, 지금은 화해했고 좋은 친구로서 내 힘이 되어주고 있다.

재회의 악수를 하면서 이번 여행을 함께 하는 동료를 소개해 나갔다.

세트는 우선 록시가 있다는 것에 매우 놀랐다.

그리고 미리 편지를 보냈는데도 메이드 차림의 메밀을 보고 눈을 동그랗게 뜨고 있었다. 아무래도 성기사님이있던 사람이 메이드 차림이니 꽤나 신기한 모양이었다.

그 뒤 세트는 여왕님인 에리스를 보고 펄쩍 뛴 다음 무릎을 꿇었다.

"에리스 님! 이렇게 지저분한 곳에 와주셔서 영광스럽기 그지없습니다."

"이봐! 야! 하우젠을 그런 식으로 말하지 말라고."

"무슨 소릴 하는 거야! 페이트! 여왕님이시라고. 그렇게 고귀한 분께 보여드리긴 아직 이르단 말이야!"

"진정하라니까. 괜찮아. 에리스는 겉으로 보기에는 고귀할지 몰라도 알맹이는 그렇지 않으니까."

"페이트! 말이 너무 심하잖아."

아야얏! 에리스가 내 말을 들은 모양인지 귀를 꼬집었다.

"페이트가 한 말에는 문제가 많긴 하지만, 신경 쓸 필요는 없어. 나도 하우젠이 왕도에게 제공받은 기술로 어떻게 변했는지 궁금하니까."

"그렇게 말씀해주시니 감사합니다."

세트는 에리스의 허가를 받고 안심한 모양이었다.

그는 마지막으로 스노우를 빤히 바라보고 있었다. 그리고 잠시 후 뭔가 짐작을 한 듯한 표정을 지었다.

"설마! 페이트의 아이야?! 상대는……."

세트가 록시, 메밀, 에리스를 번갈아가며 보기 시작했다.

"네?!"

"어머!"

"오오!"

너……, 무슨 소릴 하는 거야.

그리고 세트가 이상한 말을 하는데 어째서 다들……, 바로 부정하지 않는 건데.

세트는 우리를 살펴보면서 기분 좋게 고개를 끄덕이고 있었다.

"그래, 그래, 그렇구나……."

"적당히 좀 해. 이 아이는 스노우야. 사정이 생겨서 리슈아가 다스리는 영지에서 데리고 오게 되었어. 이유는 여기에서 말할 수가 없고."

"사정이 있단 말이지……. 그럼 성에서 이야기하는 게 좋겠구나. 얼마 전에 내부를 깔끔하게 만들었거든. 다들 페이트에게도 보여주고 싶다고 하더라."

일단은……, 내가 바르바토스 영지의 영주인데.

뭐, 세트 같은 사람들에게는 입장 같은 걸 고려하지 말라고 했으니까. 그 나름대로 내게 농담을 하면서 호의를 보여주는 것 같다.

"그럼 이쪽으로 와. 그리고 페이트, 마인에 대해서 이쪽에서 알고 있는 것도 포함해서 이야기하고 싶어. 그런 다음에 해도 괜찮겠지?"

"그래, 딱히 문제는 없어."

내가 고개를 끄덕이자 세트가 먼저 걸어가기 시작했다. 그에게 안내를 받아 바깥쪽 문을 지나 하우젠 안으로 들어갔다.

마인은 이 지역에서 목격되었다고 한다. 그 땅으로 통하는 문을 열기 위해 필요한 무언가가 하우젠에 있는 건가?

막기 위해서는 그녀와의 싸움을 피할 수 없을 것 같은 예감이 들었다.

번외편 딘 그래파이트

오랜만에 벌이는 전투……. 5년 정도 차가운 흙 속에서 잠들어 있긴 했지만 그럭저럭 해낸 것 같다.

아들과 함께 성수 조디악 스콜피온과 벌인 전투는, 처음에는 그냥 지켜볼 생각이었다.

하지만 정신을 차리고 보니 몸이 멋대로 움직여서……, 함께 싸우고 있었다. 내가 다시 아버지가 되어버렸다는 걸 절실하게 느끼게 된 것이다.

밤의 사막을 홀로 걸으면서 달을 올려다보았다.

"그건 그렇고 스노우까지 되살아나 버렸나……."

예상하고 있긴 했다. 하지만 너무나도 빠르다.

다행히도 그녀는 불완전하게 부활했기 때문에 기억을 잃은 상태였다. 만약 완전체였다면 그렇게 쉽게 승리를 거두진 못했을 것이다.

예전에 스노우를 죽인 건 나다. 그리고 내게 죽음에 이를 상처를 입힌 것도 그녀였다.

그런 악연이 있었기에 스노우를 빨리 퇴장시키고 싶었지만……. 페이트가 그걸 용납하지 않았다. 부인과 닮아서 자상한 아이였기에 예상하고 있긴 했다.

지금쯤 기억을 잃은 스노우가 페이트를 잘 따르고 있다면 더할 나위 없는 호위가 될 것이다.

좋게 생각할 수밖에 없다.

나와 같은 힘을 지닌, 사람이 아닌 자들……. 그 열세 명의 총칭인 조디악 나이츠. 몸속에 잠든 성수의 힘을 개방시키면 곧바로 E의 영역에 도달하게 된다.

애초에 E의 영역은 우리에게만 주어진 힘이다. 그로 인해 조디악 나이츠 사이의 역학관계는 안정적이었다.

하지만 열세 번째, 라이브라가 나타나자 금이 가기 시작했다.

그는 보다 세계를 더 잘 관리하겠다는 이유로 E의 영역의 힘을 지닌 하인을 만들어내기 시작했다. 어디에서 그런 지식을 얻은 건지……. 전혀 알 수가 없었고, 정체도 불분명했다.

하지만 그건 세계 각지에서 빈번하게 일어나는 다툼을 진압하기 위해서는 효과적이었다. 당시에 나는 인간 같은 사고방식을 가지고 있지 않았기에 세계의 안정을 위해서라면 희생도 불사했다.

아니, 오히려 나서서 그렇게 행동했다.

페이트가 예전의 나를 알게 되면 결코 용서하지 않을 것이다.

냉혹한 나를 바꾸어준 것은 부인이었다. 그녀는 평범한 인간이다. 평소였다면 눈길도 주지 않을 존재였을 것이다.

하지만……, 그녀를 한번 본 것만으로 내 가치관이 크게 바뀌어 버렸다.

터무니없이 오랫동안 살아오면서도 처음으로 느껴본 감정에 매우 동요했던 것을 기억하고 있다.

그 마음을 억누를 수가 없어서 그녀와 용서받지 못할 생명을 만들어 버렸다.

페이트는 성수인과 인간의 피를 이어받은……, 첫 생명이었다.

그 생명을 다른 조디악 나이츠들이 용납할 리가 없었기에 정처 없이 도망치는 여행을 떠나게 되어버렸지만.

도착한 변경 마을에서 부인은 페이트를 낳고 죽었다. 그때 나는 처음으로 눈물이라는 것을 흘렸다. 그리고 그녀가 마지막으로 한 말을 가슴속에 새겼다.

"레스티아……, 이번에는 잘 해낼 거야."

그녀의 소원은 내가 이어받았고, 지금도 변함이 없다.

나는 하늘의 계시에 얽매여 있지만, 그것조차 이용해주마.

사막의 작달막한 언덕에 도착하자 여자 목소리가 들렸다.

"지켜보기만 할 생각이었을 텐데. 하지만 페이트를 도와줘 버렸지. 아들의 위기는 그냥 넘길 수가 없는 거야?"

시야에는 아무것도 보이지 않는다. 기척도, 마력도 느껴지지 않는다.

나는 목소리가 들린 쪽을 향해 말했다.

"라이네, 모습을 드러내. 이야기는 그다음에 하지."

"어머, 미안해."

라이네는 그렇게 말한 다음 걸치고 있던 망토를 재빨리 벗었다. 그러자 보이지 않았던 모습이 드러났다. 여전히 안색이 안 좋아 보였고, 졸린 듯한 눈 아래에는 다크서클이 있었다.

"이건 언제 걸쳐봐도 멋져. 잃어버린 가리아의 기술."

"마음에 들어하니 영광이군. 기다리게 한 것 같아 미안하다."

"딱히 상관없어. 페이트가 죽어버리면 왜 당신하고 함께 다니고 있는지 알 수가 없게 되어버리니까."

"페이트가 좋은 친구를 둔 것 같아서 아버지로서 자랑스러운데."

나는 라이네가 들고 있던 짐을 짊어진 다음 사막을 동쪽으로 걸어가기 시작했다.

"걸어가기 힘들면 말하라고. 자네도 업어줄 테니."

"괜찮아, 그 정도 체력은 있으니까."

"그럼 됐고."

곁눈질로 보니 라이네는 뼛속까지 연구자라서 그런지 운동을 잘하는 편이 아닌 것 같았다.

그녀는 내 생각을 눈치챘는지 노려보았다.

"미리 말해두지만, 독심 스킬이 통하지 않더라도 미세한 표정을 통해 대충 짐작할 수 있어."

"스킬이 없어도 알아버린다니……, 대단하군."

"독심 스킬 때문에 계속 사람들의 마음이 멋대로 흘러들어 왔으니까. 그래서 얼굴을 보면 상대방이 무슨 생각을 하고 있는지 알 수 있게 됐어."

"그래서 얌전히 나를 따라오기로 한 건가?"

"정답. 당신의 소원이 진짜배기라는 걸 확신했으니까 협력하기로 한 거야. 그리고 당신에게도 흥미가 있고."

라이네는 나를 빤히 바라보았다. 함께 지낸 지 얼마 안 되었지만, 이유는 뻔히 알 수 있었다.

"내가 인간이 아니기 때문인가?"

그렇게 묻자 그녀는 조용히 고개를 끄덕였다.

"계속 의문이었거든. 페이트의 신체검사를 했을 때부터 계속. 그는 폭식 스킬 때문에 변질되고 있었어. 하지만 분명 그것뿐만이 아닌 특징을 지니고 있었거든. 그가 애초에 인간인지……, 의문스러웠어."

"그래……."

우리는 멸망의 사막 동쪽 끝에 있는 광대한 유사 지역에 도착했다.

천천히 모래가 소리를 내며 흘러가는 모습이 압권이었다. 둘이서 잠시 바라보고 있자니 라이네가 신이 나서 말했다.

"딘 씨, 이 아래에 유적이 있어?"

"그래, 아래에는 거대한 공간이 있다. 그곳으로 모래가 흘러들어 가고 있어서 이렇게 넓은 유사가 발생했지."

"그럼 가자."

라이네는 내게 손을 내밀었다. 지금부터는 허세를 부릴 수 없는 것 같았다.

"솔직해서 좋군."

"나까지 어린애 취급하지 말아줘."

"이거, 이거, 실례했군요."

조심스럽게 그녀의 손을 잡고 유사 안으로 뛰어들었다.

역시 라이네는 연구자라서 그런지 유사에 휘말리고 있는데도 불구하고 기뻐하는 눈빛으로 바라보고 있었다. 이 아래에 있는 유적에 대한 탐구심이 더 강해서 그럴 것이다.

"빠져나갈 때까지 숨을 참아. 할 수 있겠지?"

고개를 끄덕인 라이네를 끌어안았다. 우리는 모래 속으로 빨려들어 갔다.

꺼끌거리고 무거운 데다 괴로운 시간이 흘러갔다. 캄캄했고,

모래끼리 스치는 소리가 계속 들렸다.
그리고 갑자기 몸이 가벼워졌다.
"빠져나왔다. 이제 괜찮아."
라이네는 모래가 입에 조금 들어갔는지 기침을 하고 있었다. 하지만 유사 아래 있는 유적을 보고 그것조차 잊어버린 모양이었다.
"말도 안 돼……, 이 유적은……."
"그래, 맞다."
"아직 살아있어."
이곳은 땅속으로 가라앉아서 비바람의 침식을 피할 수 있었다. 왕도 세이퍼트와 마찬가지로 새까만 형태의 건물이 늘어서 있다.
외벽 곳곳에는 붉게 빛나는 선이 반짝이고 있었다.
"그렇게 입을 떡 벌리고 있으면 혀를 깨물 거다."
"뭐? 이상한 곳 보고 있지 말고 착지에 대비해! 당신밖에 믿을 사람이 없으니까!"
"나도 알아. 이봐, 공중에서 날뛰는 녀석이 어디 있어?"
음……, 오랜만이구나. 계속 넣어두고 있긴 했지만, 나는 방법까지 잊어버린 건 아니었다.
등에서 나타난 그것을 보고 라이네가 또 소리를 질렀다.
"날개?!"
"이게 내 특징이다. 다른 녀석들도 사람과는 다른 것을 지니고 있지."
"마치……, 천사 같네."
"그렇게 거창한 건 아니야. 그건 그렇고, 아래로 내려가지."
건물 사이를 선회하듯이 고도를 낮추기 시작했다.

가볍게 착지해서 라이네를 지면에 내려주었다. 그러자 그녀는 주저앉아서 무언가를 관찰하기 시작했다.

"갑자기 왜 그러지?"

"저기, 여기는 지하잖아. 그런데 지면에 풀이 자라나 있어. 게다가 본 적이 없는 신종이야."

"보면 알겠지만 이곳은 유적이 조명 역할을 해서 밝다. 그리고 먼 옛날에 바깥 세계와 격리되었지. 그 때문에 식생이 고대 시절 그대로인 거야."

"살아있는 화석이라는 거구나. 이것 말고도 잔뜩 있을 것 같아."

"그렇다. 하지만 한눈만 팔면 곤란한데."

"최대한 선처할게."

그녀는 그렇게 말하자마자 문득 이끌리듯이 풀 사이에서 모습을 드러낸 곤충을 손으로 잡고 있었다.

나는 말 없이 라이네의 목덜미를 잡고 유적 앞으로 데리고 갔다.

"자자, 벌레는 나중에 잡자고."

"노려보지 마, 노려보지 말라고. 가끔 드러나는 얼굴의 문신도 무서운데 노려보면 더 무섭잖아. ……미안해."

"좋아. 자, 안으로 들어갈까."

"유적이 살아있다면 외부인이 침입하긴 힘들지 않아?"

"이래 봬도 권한을 꽤 가지고 있어서 말이다."

커다란 문의 벽에 손을 대자 조용히 열리기 시작했다.

"세이퍼트의 군사시설 일부에서도 도입한 기술이네. 권한을 지닌 자의 생체인증으로 열리지."

"왕도는 가리아의 기술을 열심히 이용하고 있는 것 같던데. 앞으로도 더 많은 기술을 도입할 테고."
"당신은 멋대로 이용당하는 게 싫어?"
"아니, 오히려 팍팍 이용해줬으면 하는데. 기술에 죄는 없으니까 말이야."
열린 문을 지나 안으로 들어갔다. 터무니없을 정도로 오랫동안 방치되었는데도 불구하고 깔끔한 느낌이 들었다. 이곳은 그때 이후로 무시무시할 정도로 아무것도 변하지 않았다.
뚜벅뚜벅, 두 사람의 발소리가 울리기만 했다.
"저기, 좀 물어봐도 돼?"
"뭘?"
라이네를 돌아보지도 않고 계속 걸어갔다.
"페이트는 당신과 같은 힘을 이어받은 거야?"
"태어날 때는 없었다. 그 당시에 나는 그렇게 생각했지. 하지만 지금은 아니야."
"무슨 뜻이야?"
"가지고 있지 않다고 착각했을 뿐이라는 뜻이다. 발현하는 조건이 갖춰지지 않았던 거지. 아마 인간의 몸으로는 성수의 힘을 견뎌내지 못했기 때문일 거다. 아이러니하게도 폭식 스킬 때문에 육체와 정신이 강화되어서 그 조건이 갖춰진 거지."
"페이트에게 가리아에서 폭식 스킬이 폭주하기 직전 상태까지 갔다고 들었어. 하지만 신기하게도 잠잠해졌다던데. 성수의 힘이 발현되었다고 생각해도 되는 걸까? 적어도 페이트는 그때 일어났던 일이 록시가 가져다준 기적이라고 생각하는 것 같던데."
"기적이라……. 거짓말이 아닐지도 모르지. 그녀가 마지막으로 남아 있던 심적인 방아쇠를 당긴 거다. 그로 인해 페이트가 가지고 있던 성수의 힘이 발휘되어 폭식 스킬의 폭주를 억누른 거고."

"그렇구나, 그래서 그랬던 거야. 당신은 가리아에서 일어났다는 기적에 대한 이야기를 내게서 듣고, 록시에게 흥미를 가졌구나."

"혹시 성수와 싸우는 모습을 보고 있었나?"

"그렇지. 이걸로 멀리서 관전했거든."

라이네는 의기양양한 표정을 짓고는 품속에서 쌍안경을 꺼내 내게 보여주었다.

투명 망토로 숨어 있을 줄만 알았는데 그런 짓을 하고 있었다니……. 졸린 듯한 표정이면서 볼 건 확실하게 보고 있군.

"싸움이 끝난 뒤에 떠날 때 록시에게 말을 걸었지? 무슨 말을 했어?"

"뭐야, 알고 싶은가?"

"응, 신경 쓰이니까."

통로 안쪽으로 걸어가면서 이야기를 하고 있었는데, 라이네가 갑자기 길을 막아서듯이 멈춰섰다.

말하지 않으면 지나갈 수 없다는 뜻일 것이다.

"알았어. 말할 테니까 지나가자고."

"정말?"

"그래, 정말이야."

"그럼 됐어. 가르쳐 줘."

툭하면 상대방을 자기 페이스로 끌어들이려 하는 아이로군. 페이트도 그녀와 함께 지내려면 힘들겠어. 날마다 힘들어하는 아들을 상상하니 나도 모르게 쓴웃음이 나왔다.

그 모습을 본 라이네는 눈썹을 치켜뜨면서 재촉했다.

"얼른!"

"그렇게 보채지 말라고. 정말……."

"나는 신경 쓰이는 걸 철저하게 해석하려는 성격이야. 아, 방금 웃었지?"

"착각한 거야. 그건 그렇고, 록시에게 했던 이야기 말이지……."

"그래."

나는 잠깐 뜸을 들인 다음 라이네에게 말했다.

"페이트와 함께 있고 싶다면 강해져라……, 라고 했지."

"그게 무슨 뜻이야?"

대충 짐작하고 있으면서, 심술궂군.

"록시 덕분에 페이트는 원래 지니고 있던 힘을 일깨우려 하고 있어. 하지만 그와 동시에 록시를 잃으면 정신에 큰 부담이 될 거다. 폭식 스킬도 있고. 아마 돌이킬 수 없는 결과가 기다리고 있겠지."

"그 이유 때문에라도 록시가 강해졌으면 한다고?"

"그래……. 록시는 사람치고는 강하지만, E의 영역에 도달하진 못했어. 페이트 곁에 있어주는 건 고맙지. 하지만 그 이상으로 위험하다고."

"록시도 그 사실을 알면서도 함께 있는 거잖아."

"본인이 가장 잘 알 거야. 그렇기 때문에 일부러 말한 거고."

"강해지라고?"

"록시는 선택해야만 해. 이대로 사람 쪽에 있을지, 아니면 한 발짝 내디딜지를. 나아가지 않을 거라면 얌전히 집으로 돌아가야 할 테고."

록시가 E의 영역에 도달하는 것을 가장 두려워하는 사람은 페이트일 것이다.

이것도 라이네에게 들은 이야기다. 페이트는 왕도에서 라팔 브레릭이라는 성기사와 맞섰다고 한다. 그때 아들은 보았다. E의 영역을 제대로 다루지 못한 자의 말로를.

괴물로 변한 라팔과 싸운 페이트라면 그 위험을 제대로 이해하고 있을 것이다. 나는 그 사실을 이해해버린 페이트가 그렇게 위험한 행위를 그녀에게 할 수 있을 것 같지 않았다.

그렇기 때문에 록시의 생각이 가장 중요할 것이다.

"당신이 원하는 형태로 되면 좋겠네."

"나는 그 선택을 그녀에게 맡기고……, 할 수 있는 걸 할 뿐이야."

두터운 문 앞에 도착했다. 이 유적에서 가장 중요한 곳이다.

이것을 위해 이곳이 건설되었고, 연구가 진행되어왔다.

"척 보기에도 엄중하게 경비되고 있을 것 같은데. 열 수 있어?"

"이래 봬도 예전에는 높은 사람이었거든."

"지금은 수상한 아저씨잖아. 덤으로 유괴범."

"그때는 미안하다고 사과했을 텐데. 이러니까 여자가 한을 품으면 무섭다는 거야. 말로는 신경 쓰지 않는다고 하면서도 툭하면 튀어나오지. 결코 잊질 않는다고."

"유부남이었던 사람이 말하니까 말에 무게가 있네. 후후후, 맞아."

만족스러운 표정을 짓는 라이네. 보아하니 그녀의 남편이 될 남자는 고생을 꽤나 할 것 같다.

"좀 봐주라……."

머리를 부여잡으면서 문 앞에 손을 내밀었다. 바로 생체인증이 되어서 문이 열리기 시작했다.

그 안은 지금도 여전히 확실하게 가동되고 있었다.

늘어서 있는 커다란 유리 용기. 그곳에는 붉은 용액에 마물들이 담겨 있고, 조용히 잠들어 있었다.

"이건……, 라팔의 연구시설하고 똑같네."

"생체실험은 어디에서나 진행했으니까. 어딘가에서 본 것을 흉내 낸 거겠지. 이 안쪽이다."

안으로 들어가려 하자 라이네가 내 옷소매를 붙잡은 다음 한 마물을 손가락으로 가리키며 말했다.

"저기, 마물은 대체 어디에서 온 거야?"

"너는 똑똑한 아이야. 그런 질문을 하는 걸 보니 이미 답을 대충 이끌어 낸 것 같은데?"

"뭐, 그래도 당신에게 들어두고 싶었으니까."

"그 질문에 대답을 해버리면 너와 내 관계가 안 좋아질 것 같으니 입을 다물도록 하지."

"지독한 사람이야."

"그건 긍정한다. 부인과 만나기 전까지는 그랬으니까."

용액 안에 잠들어 있는 마물을 보고 있어봤자 소용이 없다. 나는 걸어가기 시작했고, 그녀는 내 뒤를 따라왔다.

이곳은 가리아의 기술이 지금까지 살아서 움직이고 있는 곳이다. 그밖에도 흥미가 생기는 것이 있었을 것이다.

하지만 라이네는 유적으로 들어온 뒤로 한눈을 팔지 않고 따라왔다.

우리는 연구실 가운데에 해당되는 곳에서 멈춰 섰다. 그곳에는 이 유적을 지탱하는 에너지원이라고 할 수 있는 것이 푸른 빛을 내뿜으며 공중에 떠 있었다.

"이게 그거야?"

"그래. 예전에는 많이 있었지만 대부분 사라져버렸지. 이름은 에테르 혈정이라고 한다. 신은 사람들에게 스킬을 주었고, 이 혈정을 남겼다. 이건 신의 피로 구성되어 있지. 우리는 기적의 돌이라 불렀고."

나는 에테르 혈정 쪽으로 다가가 품속에서 피처럼 붉은 돌을 꺼냈다. 왕도 세이퍼트의 연구자들──, 라이네를 비롯한 그들은 이걸 현자의 돌이라 불렀던 것 같다.

이것은 집합생명체라는 생물이고, 감염된 숙주에게 강한 힘을 준다. 이상할 정도로 강한 회복력이나 E의 영역을 쉽사리 얻을 수도 있다.

하지만 생물인 이상 의지가 있고, 적합할 확률은 매우 낮다.

보통은 정신을 빼앗겨버리게 된다. 그리고 E의 영역의 붕괴현상을 유발시켜 추한 괴물이 된다.

"딘……, 당신은 그 돌을 맨손으로 만져도 아무런 영향이 없는 것 같네."

"내게 이건 그저 도구의 범주에 불과해. 하지만 네가 말한 대로 의지를 가지고 있어서 내 말을 듣지 않거든. 에테르 혈정의 힘으로 정화할 거다."

에테르 혈정에서 떨어진 빛의 입자를 현자의 돌에 가져다 댔다.

그러자 붉은 돌이 몸부림치듯이 흔들리기 시작했다.
"잘 통하는 것 같군. 좋은 느낌이야."
마지막으로 붉은 돌에서 사람 얼굴이 떠올라 고통으로 가득 찬 비명을 질렀다. 연구실 전체에 울려 퍼질 정도로 큰 목소리였다.
조용해졌을 무렵에는 한층 더 붉어진 돌만이 내 손에 남았다.
"이제 완성되었다. 내가 마음대로 다룰 수 있게 된 거지."
"당신의 볼일(하늘의 계시)이 끝났는데, 나는 뭘 하면 돼?"
라이네는 내 얼굴의 문신이 사라졌다는 사실을 가르쳐 주었다. 이런, 이런, 성수인은 희귀한 힘을 얻은 대신 하늘의 계시라는 것 때문에 행동에 제약이 걸린다.
이렇게 명령에 따르면 해제되는 것이다.
"힘들 것 같네. 그 하늘의 계시라는 거."
"터무니없을 정도로 오랫동안 이것과 함께 했다고. 이미 익숙해졌지. 자, 본론으로 들어가자."
나는 에테르 혈정 옆에 있던 콘솔 단말기 쪽으로 향했다.
이걸로 에테르 혈정을 관리하고 있다. 얻을 수 있는 에너지를 유적 모든 곳에 공급하고 있는 것이다.
"지금까지 잘 움직여줬다. 지긋지긋한 연구와 함께 조용히 잠들어다오……, 에테르 혈정은 아들을 위해 쓰도록 하마. ……고맙다."
정지 코드를 입력해서 모든 시스템을 셧다운시켰다. 그와 동시에 에테르 혈정을 가지고 갈 수 있게끔 포장하라는 지시를 내렸다.
기계 팔이 천장에서 나타나 에테르 혈정을 붙잡은 뒤 휴대용 보호 용기에 재빠르게 넣기 시작했다.

"다 된 것 같군. 이걸 자네에게 맡기지."
"이 에너지원을 써서 뭘 하라고?"
"아니, 그건 에너지원이 아니야. 방금 봤겠지만, 현자의 돌도 정화했지. 에테르 혈정에는 신의 지혜가 기록되어 있어. 나는 그중 일부를 끌어낸 것에 불과하고."
"그렇구나……, 내가 이걸 해석해줬으면 한다는 거지?"
나는 에테르 혈정이 담긴 보호 용기를 그녀에게 건넸다.
"이걸 쓰면 가리아의 기술을 더 잘 알 수 있을 거다. 페이트에게 힘을 빌려줘."
"그래, 그럴 생각이야."
라이네는 그렇게 말한 다음 고개를 갸웃거리면서 말을 이었다.
"해석이라면 여기 시설을 쓰는 게 효율이 더 좋을 것 같아. 그런데 떠나는 이유는 뭐야?"
"나는 하우젠으로 가야 하거든. 그런데 자네를 여기에 남겨두면 위험할지도 모르니까. 안전을 위해서 계속 동행해줬으면 하는데."
"위험하다니?"
"조디악 스콜피온과 싸운 걸 봐도 알겠지만, 우리는 제각각 나뉘어 있어. 각자 독립적인 목적으로 움직이려 하고 있지. 그러니 내가 자네를 해칠 생각이 없다 하더라도 다른 자가 그럴 거라는 보장은 없거든. 특히 라이브라가……."
"알았어. 당신을 따라갈게. 그 대신, 이걸 해석할 수 있는 곳은 있겠지?"
"물론이지. 자, 에너지원이 사라져서 건물의 조명도 어두워졌어. 완전히 어두워지기 전에 떠나자고."

연구실을 나갈 때 곁눈질로 본 유리 용기들. 안에 들어있던 마물은 생명보조기구가 정지했기 때문에 형태가 무너지기 시작하고 있었다.

앞에서 걸어가던 내게 라이네가 말을 걸었다.

"저기, 한 가지만 물어봐도 돼?"

"뭐지?"

"딘……, 당신은 되살아나서 다행이라고 생각해?"

"매우 다행이라고 생각하지. 성장한 페이트도 만났으니까. 그리고……."

나는 잠깐 뜸을 들인 다음 방긋 웃으며 말했다.

"이번에야말로 라이브라와의 악연에 결판을 낼 수 있으니까."

이건 신이 준 마지막 기회다. 되살아났을 때 아내의 무덤 앞에서 눈물을 흘리고 기뻐하며 맹세했다.

후기

오랜만에 뵙습니다. 잇시키 이치카입니다.

겨울이 되어 쌀쌀해졌습니다. 저는 여름보다 겨울을 더 좋아해서 기다리던 계절이기도 합니다.

올해는 따스한 겨울이라 제가 사는 오카야마현에서 눈을 보려면 좀 더 기다려야 할 것 같습니다.

제6권을 읽어주셔서 감사합니다.

폭식의 베르세르크답게, 페이트는 또 평소처럼 싸우고 있습니다. 하지만 이번에는 록시가 파티에 참가했기에 조금 편안한 여행이 되었습니다.

지금까지는 거의 그리드와 두 사람(?)끼리만 여행하던 그가 드디어 록시와 본격적으로 함께 행동하게 되는 날이 오다니…….

생각해보니 록시는 메인 히로인인데도 불구하고 페이트 곁에 계속 머물지 않았습니다. 제5권에서는 몸이 바뀌어서 일시적으로 이탈하기도 했고요.

겨우 여기까지 왔다는 생각이 듭니다.

에리스와 메밀, 그리고 새로운 캐릭터로 스노우까지 참가해서 파티가 더욱 화려해졌다고 해야 하나, 떠들썩한 느낌이 더 강해졌습니다. 페이트가 느긋하게 남탕에서 목욕을 하거나 침대에서 푹 잘 수가 없을 정도입니다.

세 명 모두 중요한 캐릭터이기 때문에 앞으로 스토리에 크게 관여하게 됩니다.

그리고 번외편에서는 페이트의 아버지인 딘의 시점으로 서술하였습니다.

여기서는 아들에게도 말하지 않은 출생의 비밀이 조금 밝혀졌습니다. 딘의 과거 이야기까지 합쳐서 낼 수 있게 되었네요. 나중에 페이트가 알게 될 때는 조금 더 자세하게 다룰 생각입니다.

코미컬라이즈는 계속 타키노 다이스케 선생님께서 재미있게 그려주고 계십니다. 페이트가 전투를 벌일 때 가끔 보여주는 미소는 매우 멋진 표정이었습니다. 딘과 피가 이어져 있다는 게 생각나기도 했고요.

코믹스 제4권은 아마 내년에 발매될 것 같아서 기대됩니다.

마지막으로 폭식의 베르세르크 제6권을 서적화하는 데 있어서 도와주신 담당 편집자분, 이번에도 멋진 일러스트를 그려주신 fame 씨, 힘써주신 관계자 여러분께 감사드립니다.

그럼 다음 권에서 다시 만나뵐 수 있기를 기대하겠습니다.

역자 후기

안녕하세요. 천선필입니다.
이번 폭식의 베르세르크 6권, 재미있게 읽으셨는지 모르겠습니다.

이번 6권에는 새로운 캐릭터가 여러 명 등장했죠. 그중 한 명은 표지에도 나온 스노우였습니다. 페이트 파티에서 마인이 빠져나간 뒤로 귀여움(……)을 담당하는 캐릭터가 없다 보니 들어온 게 아닌가 싶기도 합니다. 그리드도 틈만 나면 투덜대면서 귀여운 모습을 많이 보여주긴 하지만, 어린 소녀의 귀여움과는 다르니까요. 당연히 이유가 그것만은 아닐 테고, 전개되고 있는 내용으로 보아 중요한 역할을 할 것 같습니다. 작가분께서 후기에서 그렇게 언급하시기도 했으니까요. 록시는 메인 히로인이니 당연히 중요한 역할을 맡을 테고, 에리스, 메밀, 스노우가 어떤 이야기를 보여줄지 궁금해집니다.

특히 에리스는 이번 6권에서 오랜만에 비중을 많이 챙긴 것 같다는 느낌이 들었습니다. 일러스트도 꽤 많이 받은 편이죠. 3권에서 처음 등장한 이후로 이번처럼 자기 분량이 많았던 적은 처음인 것 같습니다. 히로인 중에서는 제일 마음에 드는 캐릭터인데 그동안 너무 비중이 없어서 아쉬워하던 차에 이번 6권에서 눈부신 활약을 보여준 것 같아 매우 만족스러웠습니다. 털털한 누

님 같으면서도 사실 여린 구석이 있다. 정말 많이 나온 클리셰이긴 하지만 그만큼 많은 사랑을 받는 속성이라고 할 수도 있겠죠. 저는 정말 좋아합니다.

마지막에 들어있는 번외편에서는 궁금했던 설정이 약간 공개되기도 했죠. 작가분의 후기를 보니 그렇게 작품 기저에 깔려 있는 설정이나 과거 이야기가 나중에 더 자세하게 나올 것 같기도 합니다. 지금까지는 밝혀지지 않은 것들이 많이 남아있는 상황에서 사건이 전개되어가고 있기에 궁금한 것들도 많이 있는데, 앞으로 어떻게 풀어나갈지 기대가 되는 부분입니다.

이런 생각을 하면서 이번 폭식의 베르세르크 6권을 번역하였습니다. 매번 그랬듯이 감사의 말씀 드리고 후기를 마치려 합니다.

항상 신경을 많이 써주시는 담당 편집자분, 그리고 책을 내는데 도움을 많이 주신 소미미디어 관계자 여러분, 그리고 가족 여러분. 감사합니다.

그 누구보다 감사드리고 싶은 분은 독자 여러분입니다. 제가 이렇게 무사히 번역을 마치고 후기를 쓸 수 있는 것도 독자 여러분 덕분이라 생각합니다. 진심으로 감사드립니다.

항상 건강하시고 행복한 하루 보내시길 바랍니다.

감사합니다.

천선필

폭식의 베르세르크 6

2021년 12월 15일 1판 1쇄 발행

저 자 잇시키 이치카
일러스트 fame
옮 긴 이 천선필
발 행 인 유재옥
본 부 장 조병권
담당편집자 박치우
편집 1팀 이준환 김혜연 박소연
편집 2팀 정영길 조찬희 박치우 조현진
편집 3팀 오준영 곽혜민 이해빈
미 술 김보라 박민솔
라이츠담당 한주원 이다정 이승희
디 지 털 박상섭 이성호 최서윤 김지연
물 류 허석용 백철기
발 행 처 ㈜소미미디어
등 록 제2015-000008호
제 작 처 코리아피앤피
주 소 서울시 마포구 토정로222, 403호(신수동, 한국출판콘텐츠센터)
판 매 ㈜소미미디어
영 업 박종욱
마 케 팅 한민지 최정연
전 화 편집부 (070)4164-3962, 3963 기획실 (02)567-3388
판매 및 마케팅 (070)4165-6688, Fax (02)322-7665

ISBN 979-11-384-0489-1
979-11-6389-460-5 (세트)